酷威文化
图书 影视

石羊镇的海

朱山坡 著

江苏凤凰文艺出版社

目录 CONTENTS

一个夜晚，有贼来访 / 001

形同虚设 / 017

日出日落 / 045

罗德曼与少女 / 073

驻马店女娃 / 089

单筒望远镜 / 121

一个朋友叫李克 / 139

最细微的声音是呼救 / 161

一张过于宽大的床 / 173

推销员 / 211

小五的车站 / 231

一个夜晚,有贼来访

SHI YANG ZHEN DE HAI

年终之思：

一个夜晚，

有贼来访。

——松尾芭蕉[①]

安嫁到北方已经三年了吧，孩子已经一岁多了，是女儿，能说一点儿简单的话了，但村里的人还把她当新人，碰面总是称她为谁家的小媳妇。天气很冷了，几天前下过一场小雪，但江面还没有结冰，倒是蜿蜒而至的江瘦了许多，舒缓了许多，像是一条横着身子冬眠的蛇。江面上总是弥漫一层薄雾，即使夏天也是这样。到了黄昏，雾就变成黑的了，把江、大地和天空融为一体，变成了所谓的夜。如果不是江风割面，有时候会让人忘记江的存在。

[①] 松尾芭蕉（1644～1694），名宗房，号桃青，日本江户初期最著名的俳句诗人。

男人们几乎不在村子里。他们长期在更北边的地方修建铁路，一年到头很少回来。冬天，女人们也很少出门。安是南方人，跟她们不太一样，闲不住，也睡得晚，家里的事情在她的心里过了一遍又一遍，担心漏掉哪一件还没有做好。她的肚子里怀了第二个孩子，从身体的形态上可以看得出来，应该有三四个月了。她已经写信告诉过丈夫，怀的可能是个男孩。丈夫托人给她带回了一些白面和半坛猪油，叮嘱她吃好一点，不要太省。但她舍不得吃，放在地窖里存着，等春节到来一家人分享。她已经学会如何储存冬天的粮食，尽管不多。家家户户都粮食稀缺，都不轻易暴露自家的家底。

这天傍晚，一天的农活和家务已经做完了，孩子吃过晚饭后便在屋子里玩她的玩具——一只父亲为她打造的小木马。安坐在门槛上，远远地看着仿佛并不存在的江面。空旷的山野安静得令人心慌。偶尔传来几声乌鸦的鸣叫，也许还有其他鸟的叫声，但还没有到达她的耳朵便中断在半途上。除了想念丈夫，安还想着南方的父母和兄弟。丈夫回信中说，铁路修到了深山里面，没有人烟，晚上有狼嚎，十几头狼，就在离驻地不远的半山上盯着工棚，眼珠子放出来的绿光可以照亮通往工棚的路。工友们都不敢出门，拉屎也得在工棚里拉。安为丈夫担心，不仅仅因为狼，比北方更北的地方意味着更冷。南方的冬天并不冷，也喧闹得多，而且没有狼。安的丈夫原先在南方当兵，亲戚将他介绍给安认识的。安和丈夫对彼此都是一见钟情。父母是反对她远嫁北方的，因为那里举目无亲，水土难服，而且北方的女人瞧不起南方嫁过去的媳妇，说她们娇小柔弱，胆小怕事，经不起风霜，连吵架都不敢大声，无一例外是花瓶。安忤逆了父母。嫁过来后，她发现父母的许多担心是多余的，除了村里的妇人偶尔嘲笑她腼腆、胆小得像只小乌龟外，其他都比预想的要好。她很快适应了北方的寒冷和孤独。但北方的夜让她一直无法习惯。夜很长，而且夜说来就来，像有人在眼前拉开一张巨大的黑幕，才一阵工夫，就看不到远处了。很快，近处也开始模糊起来。屋子里变得漆黑。一到黑夜，安的心里就忐忑不安，隐隐约约听到远处的狼嗥。其实，这里没有狼，也没有其他猛兽，只是黑夜太辽阔了。安点亮了一盏煤油灯，催促孩子准备上炕睡觉。炭火已经烧了好一阵，炕应该发热了。

仅靠自己的力量孩子上不了炕。安把她抱上去，擦干净她脸上的泥土，但她不愿意躺下，还要玩她的木马。安由着她。

按惯例，上炕前，安都得检查一次所有房子的门窗到底关牢了没有。这年头并不太平，这些年村子里发生过多起失窃案件，几乎都是偷粮食的，经常是一夜之间家里仅存的口粮竟然不翼而飞。村子不大，各户散落居住，邻居间靠得疏远，但此地民风淳朴，谁家有困难都互相帮助关切，大家都看不到彼此像贼的痕迹。派出所的警察来过几次了，查不出作案者。村里的人怀疑是江对面的人干的。他们涉水而来，得手而去。因为有人夜里察觉到有贼入室，大吼一声，看见过受到惊吓的盗贼撒腿往江边逃跑，一头扎进江里，然后无影无踪。还有人声称遭遇过半夜入室抢劫的，手持菜刀，甚至拿着步枪，向他要粮食，如果不给就砍人、杀人。听口音，抢劫者是江对面的人。警察也愿意相信他们说的，但如果不发生命案，警察便不深究下去，只是警醒一下村民注意防范，保护好生命财产。至于警察为什么不刨根问底的原因，村民们都心知肚明。

因为江对面的人，警察管不着。那边的人，也实在是太穷太饿了，如果只是过来抢点吃的，就睁一只眼闭一只眼吧。

安天生异常怕贼。在南方的时候，她目睹过盗贼杀人的场面。两个外地人趁村里人聚集观看露天电影的时机入室撬开村出纳家的柜子，取钱的时候被家里的老人发现，在老人呼喊之前，盗贼用刀子割断了老人的喉咙，血喷到墙上停摆的挂钟上……那场景一直让安胆寒和后怕。村里关于贼匪的传言很多，但村民仿佛习以为常，父母安慰安不要惊慌："做贼心虚，贼比我们更害怕。"

冬天很少遇贼。贼一般春天才来，三四月，青黄不接。冬天的江水很冰冷，贼不会冒着冻死的危险涉水而来。但安的心就不踏实，说不清楚哪一天盗贼光顾自己家。说不定贼已经闻到她家白面和猪油的气味。尽管她将地窖封得死死的，谁也看不出来里面有什么。

安用一根粗壮的木棒在里面将门顶死，即使十头疯牛也很难撞得开，连无孔不入的寒风也进不来。当觉得一切都稳稳当当，她也要换衣服准备上炕了。然而，她上炕也非易事，肚子的孩子似乎并不想让她那么早便上炕。夜越黑，江风越大，外面寒气入骨，不宜久留。她捧着肚子背对炕，尝试着让屁股先挪上去，但几经努力都没能如愿。嫁到北方后，炕一直是她的一道"坎"，丈夫已经尽最大的努力把炕弄到了最舒适，但她总觉得南方的床才是最安稳最方便的。

她站在炕前逗孩子玩。不经意间，孩子抬头叫了一声"爸"。安笑道，你想爸了？你爸要到春节才能回来。孩子的目光越过安，朝她的身后看去，怯怯地又叫了一声"爸"。安愣了一下，转身，把她吓了一跳。

她身后的墙角落里站着一个陌生的男人。高，壮实，脸瘦削，头发紊乱，目露凶光。

她差点儿要惊叫起来，竟然一下子便爬到了炕上，用身子护着孩子。男人用手势警告她别吱声。但安控制不住，本能地发出"哦哦哦"的慌乱的喊叫。

"不许喊！"男人厉声说。他的手里晃着一把明亮的刀，做出要砍头的动作。

安尽量让自己镇静下来。孩子比她镇静，她不知道正在发生什么事情。

安说:"你是谁?你是什么时候进来的?"

男人说:"你不必问,我只想要一些粮食。你必须给我带走。否则我会生气,说不定要杀人。"

安说:"我家没有多余的粮食……只有一点点。"

男人靠近她,用刀子指了指孩子,"你们都不准喊!"

安惊慌地把孩子完全压在自己的怀里,甚至恨不得把她重新装进肚子里,不让男人伤害得到她。孩子挣脱安,她要玩木马。

"我本想偷,但我找不到。你到底把粮食藏到什么地方了?"男人质问道。他有些慌乱,也很不耐烦。

安想不到天刚黑便来了盗贼,而且还不知道他是什么时候光临的。是不是刚刚尾随着她进来的?神不知鬼不觉,太危险了。听他说话,不像是本地的。看长相,像是江对面的人。她见过江对面的人,鼻梁、额头、颧骨跟这边的男人不一样。女人的长相也不太一样。安仔细瞧了瞧男人,他竟然在瑟瑟发抖。估计他是心虚了。

但是,既然出来做贼,也不至于心虚到此程度。安再观察,发现他身上的头发还是湿漉漉的,水滴在他的脚底下。衣服很单薄。他的嘴唇变成了紫色,上下的牙齿不受控制地碰撞。显然,他是从江那边泅渡过来的。他的口袋里塞着的白色塑料袋有一半掉到袋口外,那是用来装衣服的。泅渡的时候光着身子,把衣服密封,上了岸,再穿上衣服。想到光着身板在江里游泳,安一激灵,打了一个寒战。

除了害怕,安还惊诧。大冬天的,为了粮食他竟然冒险偷渡。他得躲过双方的边防警察,还得有足够的体力游过宽阔的江面。为了减小被发现的风险,偷渡者不敢撑船,只能泅渡,连救生圈什么的都不能带。江面上偶尔发现漂着的尸体,都是陌生的面孔,跟这边的村子没有关系,也没有真相,估计是泅渡的过程中淹死的,也有被边防警察开枪打死的。

虽然男人在颤抖,但他手里的刀依然抓得紧紧的,头发上的水滴沿着刀尖滑落掉到地上,没有声响。他做出凶狠的样子。

"你别小看我。我杀过人!"男人咬牙切齿地说,"逼急了,我连小孩都杀!"

安说,我家还有一点儿粮食,可以给你一点儿。

男人说,赶紧!

安调整调整身子,放下孩子。男人没有伤害孩子的意思,退了一步。安下了炕,说,你跟我来。

孩子要张嘴喊"爸",被安捂住了。

男人看了一眼孩子,向她做了一个善意的表情。安点亮另一盏灯。最亮的马灯。男人跟随着她,保持半步之遥。

在走向地窖的途中,安顺手从墙上的挂钩扯下一条干毛巾,"你擦一下头发。"男人警惕地接过毛巾,草草地擦了一下头发。

"你要不要穿多一些衣服?"安说,"我丈夫是当过兵的,跟你一样高。他的衣服适合你穿。"她把"当过兵的"几个字说得特别重一些。

安闪进一间客房,从衣柜里拿出一套男人的棉衣,还比较新的,至少很干净。男人说,不必要,我还得游回去,我带不动那么多的衣服,我只要粮食。我知道你家有面粉,我闻到面粉的气味了。

面粉是没有气味的。至少,隔着两步之外肯定闻不到。应该是他太饿了,闻到什么都以为是面粉。

安只好将衣服塞回衣柜。她有点怜悯衣衫单薄的男人。她感受到了来自男人身上的寒气。离开屋子,他会冻死的。

安被男人押着一间屋子一间屋子搜索。她的屋子只有五间,有门口连通,很简单的结构,藏不住东西。屋子里堆放着一些不值钱的杂物,摆放得整整齐齐。男人对屋子的结构也很了解,命令安:"带我去地窖。"

北方的屋子下面都有地窖。

安不情愿。那是她的软肋。地窖很私密。如果她不带路,男人一时半会儿也找不到地窖的入口。男人晃了晃手里的刀,做出要砍人的动作。在昏暗的灯光中,刀子还是那么明亮。刀柄很长,是一把常见的砍刀。

赌上性命从江那边过来,如果转了一圈子一无所获,男人是不会善罢甘休的,甚至会做出危险的举动。安停下来,转身,跟男人谈判。

"我家的粮食是藏在地窖里。只有一点点,就那么一点点。你要向我保证,不能全拿走,必须给我留下一半。"安说。这是最大的让步了。

男人迟疑了一会回答说:"行。"

安得到肯定的回答后带着男人往屋子深处走去。在最靠里的一间小房,她推开一张破桌子,掀起地上的报纸,露出了一块黑色的榆木板。她用一把小铁锹把木板撬起来,地窖的洞口便一目了然,里面吐出一股带着霉味的阴冷之气。安让男人下去。男人警惕地示意让安前面带路。安只能在前面带路。她一手提着灯,一手扶着梯子吃力地踩着踏梯往下走,男人紧跟其后。

地窖很小。里面堆放着坛坛罐罐。男人让安把灯调得更亮一些。灯调到了最亮,他便轻易察觉到了一个饱满的黄布袋。那是半袋子白面。这是安一家最宝贵的财产了,等着春节一家人吃上一顿饺子。春节快到了,丈夫快回来了。男人打开袋子。布袋里面还有一层塑料袋,把面粉包裹得严严实实,也防潮。男人解开塑料袋袋口,伸手掏出一把面粉,白嫩得灼眼。他把面粉放到鼻子前用力闻,由衷地赞叹道:"真好!"

安也觉得那是最好的面。即便很馋的时候,肚子里的孩子似乎在恳求她加强营养的时候,她也没有舍得吃。她每天啃杂粮和窝窝头。女儿吃点精细的玉米糊,也吃不饱,经常半夜里啼哭着,那是饿了。弟弟们正在长身体，娘家的粮食也捉襟见肘，安一次又一次谢绝了父母接济的意向，不想让他们担心自己。

男人一把将面粉袋提起来，搭放到肩上。

安紧张地阻止他："你想全部拿走？你答应过我只取一半的。"

男人说，我必须全部把面粉拿走。

安坚决不同意，跟男人拉扯起来。但男人的力气比她大，她无法取胜，焦急得乱骂起来。在拉扯中，男人踢翻了一只青藏色的坛子，一股浓烈的猪油香味瞬间弥漫开来。安赶紧松手去扶猪油坛子。幸好，猪油早已经凝结，没有倒出来。

男人推开安，把猪油坛盖上木塞，抱入自己的怀里。

"这坛猪油我也要了。"男人说，"我太需要了！"

他肩上搭着面粉袋，一手抱着坛子要爬梯离开地窖。安愤怒了，用力拉扯他裤腿。男人也突然暴怒，一腿蹬中了安的脸。安倒在地上，痛得大叫，继而大声呼救。然而她马上意识到在地窖里呼救没有任何意义。她感觉到屁股一阵冰冷，是她坐在刀子上。她摸到了刀。是的，男人留下的刀。顾此失彼，他不是经验老到的贼，因为他竟然丢掉了赖以自保的凶器。刀刃闪闪发亮，仿佛正在张开大嘴等待吮血。眼看男人就要爬出地窖口逃跑，她抓起刀，几乎不作犹豫，狠狠地朝男人的小腿砍去。

男人一声惨叫。血从他的裤腿间流下来。

安挥刀用力过猛，肚子疼了。估计动了胎气。但她仍要再次举刀砍男人。男人根本没有预判到这一情景。他疼得无法反抗。在看到安要砍他第二刀的时候,他忍受不住疼痛,从梯子上仰面掉下来。摔到地上,尽管四脚朝天,但他肩上的面粉和怀里的坛子没有受到一点损坏。安害怕极了,举着刀再次砍向男人。男人用右手臂本能地挡住了刀。结果右臂的衣服马上被鲜血染红了。安正要举刀向男人的头砍过去,男人求饶了。眼前发疯了的瘦小女人让他害怕。

他失去了抵抗能力。

他放下坛了,也放下面粉袋。"我什么都不要了!你放过我。"男人跪地求饶。表情十分痛苦。

安努力镇静下来才发现自己砍人了。这是她人生第一次砍人。平时连杀鸡都没有勇气的她竟然把一个大男人砍了。她警惕地看着眼前的男人,断定他丧失了伤害自己的能力,才扔掉手里的砍刀。

安喘着粗气说,是你逼我的,我们说好了,你只拿一半,留下一半给我,我们南方人最讲究诚信,说好了的规矩就不能破坏。

男人呻吟着说,我家里三个孩子,一个老人,还有快要病死的妻子,已经两三天没有吃饭了,快要饿死了……你看看我的肚子,我刨开肚皮给你看看,里面多少天没进一粒米了。我饿啊!

他掀开自己的衣服,露出肚皮。瘪得像一只空袋子。他突然号啕大哭,安捂住自己的肚子,胎儿慢慢安定下来。因为紧张,她的额头上渗着汗水,冰冷的。男人耷拉着头,呜呜的哭。安觉得男人有点可怜。

安取来一块遮布,将它撕成两半,递给男人,让他包扎伤口。但男人只顾哭,任凭血流。安不忍心看着他流干血死在自己的地窖里,如果那样,村里的妇人会怎么说她呢?丈夫也不允许一个陌生人死在自己家里。她小心翼翼地试图帮男人包扎。"你不要管我,让我死。"男人说。安说,你不能死,你家里还有老人老婆孩子……安坚持要帮他包扎,男人推辞了一会儿才顺从地配合,但仍在哭。近距离看他的脸,其实他还很年轻,只是脸色有点蜡黄,身子有点虚弱,没有年轻人的生机和神采。

"我们还是履行刚才的承诺。你取走一半面粉和猪油,留一半给我。我一家子也得吃饭。我们都要讲诚信。"安说。

男人止住了哭,理直气壮地质问安:"我第一次盗窃……我没有想过伤害你,我只是想要你的面粉和猪油。看上去你跟我妻子一样善良,但你真下得了手,要砍死我。如果我死在这边,你怎么向我妻子交代?"

安没有回答,默默地把袋子解开,取来一只空袋子,把面粉分成两半。然后两只手提起袋子同时掂了掂,说,一样多,很公平。男人看着她继续平分猪油。两只坛子,各半。

"好吧,你是客人,由你先选。"安说。

男人努力站了起来。安将砍刀踩在自己的脚底下。

男人妥协了。用眼光掂量了一下面粉和猪油，似乎担心自己吃亏，一时难以选择。最后，他还是选择了旧的袋子和坛子，分出来的新袋子和新坛子留给安。安也没有异议。

"很公平吧？"安说。

男人还是有点不舍，伸出右手的中指插进新坛子，轻轻抠了一下，拨出来的手指揩满了猪油，然后把手指塞进了嘴里，用力吮吸。当手指从嘴里出来时，变得很干净，仿佛被擦洗过。此时，他的脸上露出了难以掩饰的满足。"真香！"男人说。安赶紧把新坛子转移到自己的身后，生怕它再次被揩。男人没有再次揩油的意思，伤口的疼痛让他无法久留，男人用肋窝夹着面粉袋，另一只手抱着猪油坛，艰难地爬上梯子。安紧随其后。

她迅速把地窖口盖上，铺上旧报纸，伪装得不露痕迹。突然传来女儿一声惊叫，继而啼哭。她才猛然醒悟过来，惊恐地追出去。幸好，孩子仍然在炕上，毫发无损，只是手里的木马玩具不见了。

男人不见了踪影。他逃走的时候没忘把门拉上。安用木条重新将门顶上，然后紧紧地抱住孩子，低声哄她。

"我得连夜写信告诉你爸，我们家的面粉和猪油被贼偷走了一半。"安对孩子说。

第二天一早，安刚出门寄信，便听到有人议论江面上发现一具尸体。"他被人砍伤了。估计是游到了江中间体力不支，被淹死的。江面结冰了，也可能是被冻住了。"他们说，"死的时候，仍在江中央直挺挺地站立着，像是一根被插在那里的桩。警察将他捞上来时，他的肋窝里仍死死夹着半袋子面粉，另一只手托着一只坛子。面粉和坛子里的猪油仍然是好的。他的腰上还缠着一根绳子，拖着一只木马玩具。"

有人怕安听不明白，对她说："你，一个南方来的小媳妇，根本不知道冬天夜里的江水有多冷。一个人游着游着，不知不觉就被冻死了，好比你们南方人水煮青蛙。"

这正是昨晚安担心了整夜的事情。果然被她预料到了。她感到震惊和愧疚，立即返回屋里，打开封口胶水还没干的信，在信末匆匆加上了一行字：

"今早贼死。"

形同虚设

SHI YANG ZHEN DE HAI

我要锁车的时候发现锁丢了。

我环顾了四周，还朝来路的方向极目远眺了，地上没有看到锁的影子。每天早晨，环卫车清扫后，洒水车再冲洗一遍，马路比我家的地板还要干净，不说锁，连金币都无处藏身。我把事情盘在脑子里仔细地想了又想，锁应该是什么时候不见了？是刚才不小心在我目不能及的地方丢了？不可能呀，锁那么沉，掉地肯定会有动静，至少发出咣啷一声，像火车被什么卡了一下；或噗的一声，像人的脑袋挨了一记闷棍。而且它在脚踏上，我都用双脚踩着它，不让它因为路颠簸或急刹车的时候本能地跳动。如果它像鱼跳出煎锅，我的双脚会感知得到。因此，它不可能从我的双脚底下溜走。也就是说，极不可能是在路上丢失的。那么，应该是在我出发前锁就不见了。对的，我想起来了，出门的时候，脚踏上似乎跟平时不一样，双脚底下明显感觉空了，平坦了些，舒适了些，只是当时没有意识到，或者没有想到是锁丢了，像曾经不知不觉遗失的爱情一样。

一句话，我的锁是昨晚不见了。

昨晚，我的U形锁就放在电动车的脚踏板上，跟其他的电动车一样。一开始，我不是把锁放在脚踏板上的，而是把它锁在电动车的前轮子上，稳稳当当，安全放心。后来发现旁边大部分电动车不上U形锁，锁就放在脚踏板上，而且这些电动车并不比我的差，崭新的、高档的也有。我便想，在小区里，有保安巡逻，有电子监控，出入小区需要刷门卡，安全是有保障的，所以他们不上U形锁。因而，不知从哪天起，我也把锁放在脚踏板上。毕竟，上锁时必须弯下腰去，把沉重的锁扣上，还可能把手弄脏，明天一早还得弯下腰去开锁，又一次把手弄脏。有人就因为锁车造成腰椎间盘突出，或把腰闪了。"锁事"就变成了琐事，有时候让人烦，能省就省吧。况且，我觉得自己作为书城的员工，还是有点身份和尊严的，当着邻居的面弯下腰，撅起肥硕的屁股，埋头开锁，装有两三本文学类图书的挎包半掉在地上，跟肮脏的地面摩擦，确实有失斯文。这样说吧，我不是十分愿意弯腰屈膝的人，无论是肉体还是精神。原因就是这样。好了，现在锁不见了，车无法上锁了，就像保险柜的门不翼而飞了。我只能把车把锁锁了一下。车把锁是内置锁，防君子尚可，对贼人形同虚设。

一个早上我都忐忑不安，无心工作，每隔半个小时便从公司办公室出来，走到走廊的尽头，从十七楼俯视我的电动车。尽管它夹在众多的电动车中间，我根本分不出哪辆是我的。但凡有人靠近我停车的地方，我心里都七上八下。中午下班的时候，我赶紧跑下去，谢天谢地，我的电动车还在，它夹在众多上了U形锁的电动车中间，估计是小偷没有发现它。我把它拖出来，拍了拍座位上的灰尘，有一种劫后余生的感觉。

我一改在公司午休的习惯，骑车半个小时赶回小区，找遍了昨晚停车的地方，根本没有U形锁的踪影。我很生气。顾不上回家，我在小区业主群里问：谁拿走了我的U形锁？我还把我的锁照片发到了群里。一把崭新的金点原子锁，白色不锈钢，坚硬、粗壮、霸气。当时买锁的时候，锁老板就跟我说，这把锁贵是贵了点，但小偷开不了，而且永不生锈。我想，它还有一个用处，遇到危险情况，还可以拿它防身——正当防卫，防守反击，将坏人的脑袋砸烂，这是好人和弱者最有力的武器。

我这部电动车是一部二手车，有八成新，有正当手续。到M城后，朋友反复告诫我，这是一个骑在电动车上的城市，也是养活了全世界百分之三十小偷的城市。偷电动车的盗贼特别嚣张、特别专业，如果不上U形锁，偷一部电动车只需要五秒钟；上一般的U形锁，只需要一分钟。但上了特种U形锁，尤其是像我这把锁，基本上就盗不了整车，除非他们把电动车搬到他们的卡车上，只是这种偷法太张扬，风险太大，小偷基本上不愿意这样玩了。但他们可以盗窃电瓶，电动车最核心、最值钱的部分便是电瓶，没有编码，容易出手变现……当然，电瓶被盗，车还在，总比连车都偷好。我咬咬牙买了这把特种U形锁，还让锁老板顺便把我的车电瓶也焊死了，大大增加了小偷偷电瓶的难度。然而，这把锁贵，八十块钱，而一般的锁只需要三十块。多花几十块，我买的是高枕无忧，心里踏实。老婆本来对我花大价钱买一把锁有点不高兴，说不值得，浪费钱，毕竟八十块足以我们交纳一个月的电费，而我家的电费拖欠一个星期，已经收到了三次停电威胁。但经我一解释，她也没再说什么。

也许是他们觉得是小事不值得搭讪，业主群里久久没人回应。我发了几个怒火中烧的表情，最后，只有一个人说，报警吧。

警察和市民之间隔着保安。我去找保安。

小区出入值班室里有两个保安。一个年长的，一个年轻的。年长的在扒盒饭，年轻的正在玩手机游戏，笑得咯咯地响。

我住的是某文化大院。七幢三单元。一幢破旧的小楼，没有电梯。大院都很破旧了，很多是上世纪中叶搭的建筑。因为钉子户太多，情况太复杂，旧房改造无法推进，但业主们又幻想着可能很快就能拆旧建新，因此整个大院都欠收拾，墙体涂料东一块西一块脱落，阳台到处都是乱七八糟的杂物和无人打理的花草。大院内还有戏剧院、杂技团、废旧的影院，都很冷清，长期闭门。小区住户很杂，很多房子出租给各色人等。我也是各色人等中的一员。我租住这里的原因一是便宜，二是觉得毕竟是文化机关宿舍，相对安全、清静、有品位。

老保安自认为听明白了我的意思，一下子站起来，大声嚷道，我到大院当保安三年了，从没发生过盗车案，没有谁说他家的电动车被偷……

我纠正他说，我没说电动车被偷，我说的是 U 形锁。丢了一把锁。

老保安故作惊讶，谁会偷你的锁呢？钥匙在你手上，拿你的一把死锁有什么用呢？

我也是这样想的，可是偏偏就有人拿走。

我耐心地跟老保安解释了，是在大院的停车棚丢的。

老保安嘟囔说那是不可能的，怎么可能呢，偷你一把没有钥匙的死锁有什么用？

有用没用我不管，问题是我的锁被人拿走了，就像你家的门被人拆走了……我快要跟老保安争吵起来。

年轻保安抬头瞧了我一眼，问我，你的锁头是不是很重？我说，是的，粗壮，笨重，即使用电锯半天也锯不断。

年轻保安说，嗯，对，没有用处，但能卖钱。

我说，难道有人偷走它，然后卖给废旧回收站？

年轻保安说，至少有两三斤吧，能卖五块钱。

我说，你是说有人拿我的锁去卖掉了？

年轻保安说，我可没有明说，只是推测。警察办案也是这样推测的。需要证据才能确定。

老保安打断年轻保安,对我说,哪能,谁那么缺德?他是胡说。

年轻保安欲言又止,继续玩他的游戏。

我说,我的U形锁被盗了,你们帮我查一下是谁盗的。

老保安说,这种鸡毛蒜皮的事太多了,像乱扔垃圾一样……但也不能不管,我们看看吧。

我说,我要看一下监控录像。

老保安说,录像没有用的,监控设备太落伍了,不清晰,业主又不愿意更换高清的。

我坚持要看。不给看我可要生气了。老保安让年轻保安打开监控设备,让我看昨晚电动车停车点的监控录像,果然有些模糊。加上灯光昏暗,根本看不清过往的人等。但我还是在午夜一点零三分的时段发现了一个人走近我的电动车,从容地拿走了U形锁,然后消失在停车棚的拐角处。尽管看不清人的轮廓,但我判断出是一个女人,而且是老女人。头发蓬乱,有点驼背。我说,你们认得她吧?老保安说,我不知道她是谁,看不清楚,大院里的老太太至少也有五六十个吧,何况她不一定是这里的住户。年轻保安不作声,默默把录像关了。我看得出他们没有尽责,想搪塞了事。我说,如果你们不查,我报警,让警察来查。老保安说,警察哪有空管这等小事,上月三幢二单元十一楼有人报警说她家的保险柜被撬,警察来了,至今没有下文;上周六幢一单元楼上有人扔垃圾砸到了一个干部身上,虽然没有受伤,但被弄了一身臭,警察来了,至今也没有下文。全市电动车失踪案多如牛毛,你仅仅丢了一把 U 形锁而已……他的意思很明白,这是小得不能再小的事情,根本不值得你窝火、怄气、闹腾。

也许老保安见惯不怪,要为自己的失职开脱责任,但他说的是有道理的。我的一个同事曾经告诉我,她的电动车在自己住的小区里被盗,从监控录像很清晰看到盗贼的脸,报警了,而且她老公正是这个区的片警,整个派出所折腾了一个月也没有破案,只能自认倒霉。说真的,哪个派出所没有一堆电动车失窃陈案待处理?全市开展过多少轮轰轰烈烈的盗抢专治行动,但根本根治不了。而为一把 U 形锁去报案,派出所会立案吗?我想了想,算了吧,不报了。

然而,妻子听了我陈述后,她比我还生气。八十块钱的锁就这样被拿走,她不服气。

"关键是,这种行为不能容忍!"她大义凛然地说。

她跟我讲了一个故事。其实以前已经给我讲过很多遍了,她总是忘记,或者是怕我忘记。小时候,在乡下,家里穷,经常饿肚子。邻居家的一只母鸡悄然跑到她家的柴房下了一只蛋,刚好被她遇到,母鸡刚走,她便拿蛋去煮了。除了她,再也没有人知道这只鸡蛋是邻居家的母鸡下的。她吃了,神不知鬼不觉。一只鸡蛋消失了,在这个纷繁的世界上算得了什么?但邻居发现那天的母鸡没有在她家里下蛋，肯定是到邻家下蛋了。因为有过先例。按村里的规矩，无论在谁家下蛋，都必须把蛋归还母鸡的主人。"我妈一直这样做。但我破坏了一次规矩，邻居没有放过我。她从我的嘴里闻到了鸡蛋的气味。"妻子说，"她当着我一家人的面，把我家里里外外翻了个遍，而且，她在我家的灶灰里找到了蛋壳。虽然沾满了灰烬，但一眼便能看得出蛋壳是新鲜的，刚刚骨肉分离。我无法抵赖，认了。当着全村人的面，母亲被气得大哭，暴风雷霆般把我揍了一顿。"

"在被母亲揍得奄奄一息后，邻居扬长而去之际留下一句我至今无法释怀的话：关键是，这种行为不能容忍！"妻子说，"她说得很对！做得很好！许多年后，我出嫁那天，她仍当着众人的面说我曾经偷过她的一只鸡蛋，这种行为不能容忍！"

妻子说起这件事时的表情云淡风轻，但我听得到她内心里的怒涛汹涌。可是，小时候偷蛋这个事跟U形锁有什么关系呢？

"此事交给我处理。"她说，"我不能一辈子都让老妪欺负。"

我意识到，此事不会轻易完。

妻子跟到保安室看了监控录像，觉得那个老太太的身影有点熟悉，至少不难找到。她让我安心在家午休，揪出老太太的事情由她来办。看上去她胸有成竹，而且很有气势。

妻子说："我决不能就此罢休。我得把拿走我家U形锁的老太太揪出来，而且尽快，在她卖掉U形锁之前。"

我不能说什么，但也觉得咽不下这口气。这些年来，我们似乎一直被人欺负，从来没有理直气壮过，从来没有有尊严地活过。是因为我只是一个小职员，太卑微了吗？

"你还记得吗，上个月，我们住在帕尔马小区的时候，在电梯里被人羞辱的事情。你不会那么快就忘了吧？"妻子责备我说，"你总是轻易就忘记屈辱。这才是我们一直活得卑微的原因。"

我没有忘记。一个浑身珠光宝气的老妇，对着急匆匆闯进电梯的我和妻子破口大骂，说我们惊吓到了她的哈士奇。我们被骂了才知道她的脚下畏缩着一只灰色的狗。那条狗把妻子吓得一激灵，本能地缩到我的胳膊里。那老妪的恶骂让她猝不及防，妻子反驳了一句，却遭到了更严厉更恶毒的咒骂。而且，她一直跟随我们到我家门口，不让我们进屋，要跟我们理论。很快，她的儿子和女儿也来了，一家人堵在我家门口骂我们。她的儿子还推了我妻子一把。那时候，我手里抓着一把U形锁，是上一任租客留下来的，没有钥匙的死锁，锈迹斑斑，还有蛛网和尘土，但它很沉重。我萌发了给那小子脑勺砸个洞的冲动，但我忍住了。妻子的脖子被气得像河马一样粗，她要爆发。但我们都忍住了。租房子的人是不能跟买下房子的人发生冲突的。他们就是在楼下买下了房子的人。但此后的两三天，那老妪每天一早就堵在我家门口，要我们给她的狗赔礼道歉。她说她的狗自从被我们惊吓后每天夜里都做噩梦，醒来就哭。

"你们毁了它的幸福生活！"老妪说，"你们也别想好过。"

我埋头寻找那把U形铁锁，但没有了影踪。我知道是妻子把它藏起来了。因为它能让人轻易就把它当成武器。往别人的脑袋上一砸，就能解决麻烦，就能解气。它就是弱者留给弱者的传家宝。

"我把它卖了。废铁一把，毫无用处。"妻子后来告诉我它的去向。当然，废旧回收站是它最好的归宿。

老妪跟我们耗上了。她要给她的狗讨个公道。妻子坚决不愿意支付这笔冤枉的账款，即便只是一句道歉就能结清。

然而，不堪其辱，不胜其烦。这是我们急匆匆逃离帕尔马搬到这里居住的原因。

上一次的屈辱还如此新鲜，像被人拉到头顶上的屎还散发着热气，怎么能让妻子就此算了？因此，我没阻挡她亲自来处理这件事。

妻子姓银。别人称她小银。我也叫她小银。

小银是郊区县的人。那里过去是乡下，现在算是远郊了。父母兄弟都是菜农。开始的时候，她也是种菜卖菜的，后来读了师范，毕业后曾经在中越边境一个偏僻的乡村当小学教师。那里太偏僻了，一个月见不到一个陌生人，不通快递，网络时有时无，晚上寂静和孤独得让人发疯。两年后辞职回家种菜。有一天傍晚，她在菜市场路口卖青菜,说是农家肥浇出来的,清甜而干净。我买了两把菜花,她额外送我几根葱。我觉得她很慷慨,因而多看了她一眼。

她长得确实很好看。我借口要经常买她的菜,便加了她的微信。当天夜里,我斗胆给她发了一条微信,说对她一见如故,一见钟情。她回复我说,明天菜市场路口见,我多送你几根葱。那天她除了送葱,还送我半袋子青色的番茄,我回赠了她一本《活着》余华签名本。我们很快便恋爱了。恋爱过程中,她给我讲过小时候偷吃了邻居的一只鸡蛋的故事。我并不介意,因为与我小时候偷盗过的东西相比,偷一只鸡蛋算个球。"这个世界是个球,我们要像球一样活着。"小银依偎在我的怀里,温柔而认真地说。我并没有深究此言的寓意,也许它根本就没有寓意。我答应她,为了我们的幸福生活,我宁愿成为一只球。结婚后,小银成了M城一家课外培训机构的老师,上数学课,比卖菜的收入高一些。但只上了一年班,培训机构就被清理掉了,她暂时没了工作,本来要回娘家种菜的,但近来本地菜不好卖,娘家人也索性不种菜了,在村里打牌赌钱,等待城市的快速扩张,把他们的田地征收,把他们的破房子拆迁,从此过上城里人的生活。小银性格比较固执,还有菜农斤斤计较的习气,要做的事情谁也拦不住,不愿意吃的亏绝不妥协。我领教过,习惯了,在此不赘言。

我还没躺上床,小银便大呼小叫地闯进我的房间:"我把老太太揪出来了。十一幢二单元的韦姨。我认得她。"

原来,她对两个保安死缠烂打,终于逼他们说出了真相。那个老太太,他们都认识,大院里很多人都认识。捡破烂的,捡了十几年。姓韦,大家都叫她韦姨。有名的捡破烂老婆子。除此,没有什么特别。不是贵妇,没什么来头,甚至可以说得上"卑贱"。我没有要欺负小人物的意思。但冤有头,债有主,怪不得我们。

"那我们去找她。"我对小银说。

小银倒很冷静,说,我们得想好办法,不能贸然闯进她家。

为什么?她家养有恶狗?

恶狗倒没有,但有一个患精神病的儿子……

每天大半夜,大概三四更,大院里都准时回荡着一阵撕心裂肺的号叫,是一个男人发出的,有时候还伴随着碗盘摔地的响声,虽然每次只持续两三分钟,但足够将人从梦中惊醒,让人毛骨悚然。我打听了,是一个精神病患者发出的声音。现在我明白了,他是韦姨的儿子。

有人告诉小银了,韦姨的儿子已经二十年不曾出门,大院里清晰记得他模样的人已经不多。最好不要去惹他,他连韦姨都打……

她们还告诉小银,韦姨的儿子原来是杂技团的骨干演员,跟一个女演员搭档演空中翻滚,获得过不少国际金奖,有一段时间整个杂技团就靠他们养活。但有一次,因为连续多日马不停蹄地表演，他实在太累了，在表演时走神了，造成可怕的失误，没有接住腾空翻滚的女搭档，让她当场摔死了。从此以后他不再表演杂技，不再见人，后来不知不觉竟然疯了……

我对精神病人有与生俱来的恐惧。小银也不是那么勇敢。半夜里她听到那声音也害怕。

小银说，我们在垃圾桶旁边等她。她得出门捡垃圾。

我赶紧起来出门，骑着电动车搭着小银去找垃圾桶。

大院东南西北角都有倒放垃圾的地方。我们转了一圈子，终于在东边的垃圾桶边找到了韦姨。

她正踩踏着一把别人丢弃的椅子，把头探进绿色的塑料垃圾桶。跟她一起翻垃圾桶的还有另一个老妇人，但那个老妇人衣着得体，并没有把身子靠着垃圾桶，而是用夹子斯文地翻着垃圾。午后的垃圾桶在炽热的阳光下发出阵阵恶臭。

韦姨把头拔出来，往自己的黑色尼龙袋塞矿泉水瓶子的时候，小银认出了她，叫了一声韦姨。韦姨没有抬头看我们，而是把头重新埋进垃圾桶里。我没好气地大喊了一声："韦姨！"

韦姨把头又从垃圾桶里拔出来，看了我们一眼。趁她还没重新把头埋进垃圾桶，小银赶紧说，"你拿走了我家电动车的U形锁，你还给我吧，你拿它没有用。"

韦姨迟疑了一会儿才说："谁看见我拿你家的东西了？"

小银说："监控里有……"

韦姨说:"我拿了你家什么东西?"

小银说:"一把U形锁。电动车的防盗锁。"

小银用双手比划着做了一个"U"形的姿势。

旁边那位衣着得体的老妇人抬起头,伸直腰,对韦姨说:"你拿人家的锁头干什么?还给人家吧。"

韦姨瞪了她一眼,生气地捋了一下头发,回答说:"我没拿——你有什么资格管我的闲事?你的屁股很干净吗?你干过的丑事还要我重复多少遍……"

衣着体面的老妇人一下子怂了,提着半袋子垃圾嘟嘟囔囔地躲开了,往小区门外走去。

"她偷过别人的尿壶、内裤、卫生巾……年轻时还偷过男人,大院里谁不知道!"韦姨一边数落衣着体面的老妇人,一边把头埋进红色的垃圾桶里,我们再也听不清楚她在说什么。小银再怎么问话,她也没有把头拔出来回答。或者,她回话了,只是我们都没有听见。我有些急了,走过去踢了一脚红色垃圾桶。韦姨这才缓缓把头拉出来,满脸脏物。她用更脏的手擦了一把脸,然后对我们说,我记起来了,昨晚我的确在停车棚拿过一把锁,挺沉的,如果是一把金锁多好,可惜只是一把铁锁。

我更正她说:"是不锈钢。"

韦姨说:"到了收购站都是一样的价钱。"

小银说:"你把它卖了?"

韦姨脸无表情，淡淡地说："一起卖了。"

然后，又把头埋进垃圾桶里。整个上半身都埋进去了，只剩下瘦瘪的屁股和枯枝般的腿。看起来她十分用劲，像一条瘦得皮包骨的老蜥蜴伸头去刨洞里的食物。

我生气地问："卖给哪家收购站了？大院西门对面彩票中心旁边的废旧收购站吗？"

韦姨再也没有回答我们的任何问话，甚至她连头也没有拔出来。阳光加大了热度，要将我们身体里的水分榨干。垃圾的气味令我无法忍受。小银对我说，你先去上班吧，我慢慢跟她磨。

在去上班的路上，我首先绕到大院西门对面彩票中心旁边的废旧收购站。老板正忙着，不耐烦地回答我说："过去有，但今天没有捡破烂的卖U形锁。"我恳求说，"如果有，是我的锁，我宁愿以双倍的价钱回购。"老板说，没有。我环顾了一下杂乱的屋子，翻了一把铁器类垃圾，确实看不到U形锁。

上班的下午，我魂不守舍，似乎预感到会有什么事情发生。果然，快要下班的时候，我接到了保安室的电话。听声音，是老保安。

小银出事了。被袭击了，打晕了。医科大二附院的救护车刚把她拉走。

我从公司直奔医院。

赶到医院的时候，小银已经醒了过来。额头上缠满了绷带，脸上还有血迹。她躺在床上，呻吟着。医生说，幸好，没砸着要害，只是轻微脑震荡。我的岳父和小舅子分立在她的两边。他们的脸色十分不好，像着了火，我不敢正眼看他们。

"他竟然用你的U形锁砸了她的头，差点取了她的性命！"岳父对我吼道，"我就一个女儿，我养了她十九年。"

小舅子的拳头捏得紧紧的，一言不发。他是一个狠人，能干活，也能打架，受不得别人的欺负，去年因为打群架被关了七天看守所，是一个典型的郊区小混混，但他和他的姐姐感情很好。有一次，我跟小银吵架，一怒之下把她推倒在沙发上，她竟然跟小舅子说了，一个小时后，小舅子杀气腾腾地撞开了我家的门，威胁要拧掉我的一条胳膊。如果不是小银拦住，他就真动我了。上月老妪一家上门欺负我们，她本来要告诉小舅子的，但我劝阻了她，动不动就搬来娘家人是从前的陋习，会让人瞧不起，会被人笑话，而且，娘家来人必然惊天动地，也危险。

原来，在我上班后，小银暗中尾随韦姨到了她家。小银认定，U形锁没有被卖掉，还在韦姨家里。

韦姨家在十一幢二单元五楼五〇二房。步梯，破旧，楼道堆放着各种废弃的杂物。回到家门口时，韦姨发现了跟在后面的小银。

"你跟着我干吗呢？"

"我想进你家看看。"

"有什么好看的？你要搜查我家？"

"只是瞧瞧我家的锁头还在不在。"

韦姨打开门，小银站在门外探头往屋子里看。一股垃圾桶才有的臭气扑面而来，把小银呛了个措手不及。屋子里乱哄哄的，到处都是垃圾，简直就是一个垃圾回收站。韦姨对小银说，你家的锁头在我家里，如果你有勇气就进来拿。

小银犹豫了一下。因为她听到了屋子里有男人喘粗气的声息。

韦姨进去，把垃圾袋扔到一边，在堆满纸皮、纸箱的客厅中用脚踢开一条路来。路的尽头坐着一个男人。

男人站起来，显得很高大，满脸胡子，头发蓬乱，隔着客厅，也能闻到他身上发出的臭气。小银注意到了，男人的腰上缠着一条铁链，铁链的另一头系在墙上。墙上有一个小洞，刚够铁链穿过。男人腰上的铁链被一把小型的U形锁系着。那把锁已经生锈，看上去有一定的年月了。

男人对小银吼了一声，面目狰狞，小银受到了惊吓，往门外退缩，本想就此逃离，但韦姨回头对小银说，你家的锁头就在这等着你呢。她从墙角拾起一把锁头晃了晃。小银认出来了，正是我家那把。

"我不打算卖掉它。"韦姨说，"你看我儿子身上的这把锁，锁了他二十年，陈旧了，他也厌烦了这把锁。我想替换掉它。"

小银很吃惊。一件物品用了二十年，无论是谁都厌烦。

"他每天都用牙齿咬这把锁,咬了二十年,快被他咬断了——如果锁断了,他就自由了,对谁都是祸害,成为全市公害。"韦姨淡淡地说,"你家的新锁,质量很好,很好看,很新鲜,能继续锁他二十年。"

小银不知道如何回答。

男人说话了,对小银说:"我喜欢上你家的锁了。"

小银说:"我想要回我家的锁。钥匙还在我家,如果没有钥匙,这把锁就是死锁,你们也用不上……"

"那麻烦你回家给我取钥匙,我要换锁……"男人说。

小银说:"凭什么呀?"

男人说,不凭什么,就凭我安安分分地待在家里二十年。小银跟男人争吵起来。韦姨不知所措,两头劝架。小银不想跟他们过多纠缠,径直去墙角取我家的那把U形锁。韦姨不让,恳求小银把锁留下。

"你们要换锁,可以自己去买一把呀。"小银理直气壮。

韦姨不争辩。两人拉扯、争执中,U形锁落到了男人的脚下。他抓起了U形锁,还没有等小银反应过来,便已经砸在了小银的额头上。因为距离有点远,够不着头颅骨,只是擦着皮肉划过,但小银还是被砸昏了,还在额头划开了一道口子……然后,邻居们闯了进来,把小银架了出去。

整个过程差不多就是这样。

小舅子转向出去。岳父示意我去劝他别做出什么出格的事情。但我追不上他。到停车场时,他已经骑着自己的电动车往外冲了。我只好骑上电动车追他。在大街上我不顾一切地追赶着不顾一切的小舅子。

小舅子果然是前往大院。

"疯子住在哪里?"小舅子在院子门口停下来,对我吼道。

疯子不叫疯子,他有一个绰号:冠军。自从当年他获得第一个国际杂技表演赛冠军开始,就没有人当面叫他的本名了。

我无法搪塞,只能告诉他:"冠军住在十一幢二单元。"我们一口气跑到五楼五〇二房。

房门是开着的。韦姨在屋里面折叠她的纸箱皮,对我们的到来似乎一点也不吃惊。小舅子气势汹汹闯进去,逐一查看了房间和卫生间,我跟着。没有发现冠军。小舅子用右手拇指和食指的指尖夹着悬挂在墙上的铁链,厌恶地抖了抖,诱发了一阵腥臭味。小舅子赶紧将铁链扔到地上,往衣服上擦拭着碰过铁链的手指,质问韦姨:"冠军他人呢?"

韦姨似乎早就预料到我们的到来,头也不抬地回答说:"你们来晚了。"

铁链空荡荡的,旧U形锁被打开了,丢在地上。小舅子很嫌弃地踢了一脚U形锁:"这把破锁,根本不需要钥匙,形同虚设,连狗都拴不住。"

韦姨俯首去捡那把旧 U 形锁，喃喃说："终于可以卖了。"

我问韦姨："你儿子呢？"

韦姨看也不看我，对小舅子说："跑了。"

我环顾了一周，屋子里没有其他人，也不见我家 U 形锁的踪影。我问韦姨："我家的 U 形锁在哪呢？"

韦姨轻描淡写地回答说："我儿子拿走了。他要你们家的锁钥匙。是不是他跑你们家要钥匙去了呀？"

我说："我们不会给他钥匙的。"

韦姨遗憾地说："好端端的一把锁，没有钥匙多可惜呀。"

小舅子用脚猛踢地上的垃圾，踢中了一只锡碗，发出一声并不清脆的声响。小舅子朝着韦姨骂骂咧咧的，上前一脚把碗踩扁了，问韦姨道："喂狗的？"

韦姨赶紧把锡碗捡起来，还用力掰着，试图将它恢复原形，说："是我儿子的饭碗！用了二十年了，你不能这样对它！"

小舅子怒火中烧，一把将锡碗从韦姨手里夺过来，扔到脚下不断地踩它，韦姨要过去抢夺，却被小舅子一把推倒在她的垃圾堆里。当她爬起来，锡碗已经被踩成了一团，像一只泄了气的球。小舅子对她说，你终于可以把它当垃圾卖了。

韦姨突然号啕大哭，哭声震天，把地上的纸垃圾都震得飞扬起来。

小舅子从口袋里取出一把钥匙，是我刚才在楼下给他的，在韦姨面前晃了晃，吼道：哭有什么用？你们要的钥匙在我这了，我就不给你们，我恨不得一把火烧了你们……

韦姨用眼角的余光瞧了一下小舅子手里的钥匙，锃亮、崭新，一尘不染。

"你儿子竟然装疯卖傻，拿我们家的锁砸我们家的人！一个好端端的人被他砸进医院了！他竟欺负到我们头上，真是活腻了。"小舅子咬牙切齿地说。

韦姨不说话，她的哭声终于让小舅子觉得很烦。此时楼下面传来嘈杂声，接着传来警笛声。小舅子恶狠狠地对韦姨说："你等着，我要杀了你儿子！"

韦姨哭得更凄惨。我随小舅子转身离开，我顺手将房门拉上，韦姨的哭声一下子变得若有若无。

此后的三四天，警方和大院几乎所有的人都在寻找冠军。因为警方将他列为危险人物了。他手里有一把沉重而冰凉的U形锁。大院里的人更加感觉到了危险，他们以讹传讹，说韦姨的儿子像怪兽，青面獠牙，熊腰虎背，生吞老鼠，甚至活吃小孩，于是，他们罕见地团结一致，同仇敌忾，手拿棒棍在保安的带领下在大院里做地毯式搜查。大院里弥漫着惶恐不安的气息，像浓雾一样笼罩在每个人的头上。此事甚至上了晚报头条和各种自媒体。小舅子隐约预料到了后果的严重性，心系我家安危，在我家陪着刚出院的小银。小银的伤并无大碍，休息几天就会好了。但我家成了众矢之的,几乎所有的人都认为我们应该把钥匙送给韦姨,冠军的脱逃完全是因为我们的固执和狭隘。小银的心灵创伤远比身体受伤的程度更大,而且有口难辩,一肚子憋屈无处可发泄。她开始喋喋不休地埋怨当初我不该买一把如此贵重的U形锁,差点招来杀身之祸。我没有辩解,重新买了一把最便宜的U形锁。在去往上班的路上,我小心翼翼,害怕遇到冠军的突然袭击。

那些天,韦姨消失在大院里。我们估计她也在寻找她的儿子。警方搜遍了可疑的藏身地,比如杂技团尘封已久的训练室、废弃的话剧团地下酒馆,甚至还去了北山的公墓,冠军早年的女搭档的墓地,依然寻不到韦姨儿子的蛛丝马迹。一个被关在家里二十年的男人,可能已经远走高飞,在世界的某个地方呼吸着自由的空气。

小舅子在我家里长期居住,他的颐指气使让我感到了压抑和不适。他对我的懦弱也感到不满。有一天,我们为了那把U形锁的钥匙发生了争执。

我想要回那把钥匙,但小舅子嘲讽我说:"锁都丢了,你还要钥匙有什么用?"我说,万一那把锁重新找回来了呢?小舅子说,为了小银的安全,我得把钥匙留着。我说,如果你真为了小银安全,你应该把钥匙给韦姨送过去。小舅子说,凭什么?

我们就这样争吵起来。小银加了进来,但她明显偏向我这边。小舅子骂我们,一副恨铁不成钢的样子。

因为赌事不能耽搁，争吵的结果是小舅子一气之下走了。

小舅子走后，我和小银的关系慢慢修复，重新回到平静的生活状态。小银对 U 形锁似乎没有了先前的执着。有一天晚上，她刷手机视频看到某地一个年轻人与一个宝马车主发生争执，年轻人用 U 形锁不仅将宝马车的车前玻璃全砸烂了，还将车主砸得头破血流，倒地不起。她感觉到了害怕。U 形锁并不完全是弱者留给弱者的传家宝，也可能是弱者走向深渊的钥匙。小银弱弱地征求我的意见："要不，我们把钥匙送给韦姨成全冠军？"我不置可否。那把锁对我似乎也不再十分重要了。而且，钥匙也不在我们手上，小舅子拿走了。

搜寻冠军的声势逐渐减弱，韦姨又回到了垃圾桶前。有一次，小银看到韦姨，客气地问："冠军回来了？"韦姨警惕地回答："回不了了——你们愿意他回来吗？"

有一天半夜里，我和小银被敲门声惊醒。有人敲我家的门。连续敲了几下，说是敲，但更像是撞，击打。小银被吓得钻进衣柜。我硬着头皮去看个究竟。通过猫眼往外看，昏暗的路灯，空荡荡的楼道，没有人影。我屏气静息地等待敲门声继续响起，但好一会儿，没有动静。我回到床上，小银躺在我的怀里，一直不敢睡去。大约过了半个小时，大院里传来一阵狼嚎一般的哀号，在黑夜里穿行、回荡，甚是瘆人。这是熟悉的声音。慌乱中，我给门卫保安室打电话，告诉他们冠军回来了。保安室接电话的是年轻人的声音,他说,哪可能?我说,你刚才没听到他的哀号吗?他说,没有呀,我一直在门卫室门口看着你们,老鼠走动的声响我都听得到,但没有听到谁的哀号。我纳闷了。挂了电话,问小银,会不会是我们出现幻听?小银坚定地说,不可能的——怎么可能呢?

我们很忐忑,商量的结果是,让小舅子赶紧过来。他体壮有力,论打架,论争勇斗狠,他是一把好手。虽然是半夜,但小舅子还是不计前嫌,电话里答应马上赶过来,并叮嘱我们在他过来之前谁敲门也不要开,可以报警,报保安。

我把所有的灯都打开,还检查了一遍阳台和几个窗口,都安装有铝合金防盗网,比较安全。我还准备了一根足够坚固的木棍放在随手可及的地方。我们躺在床上等小舅子到来。

然而,我们一躺下来,也许心里踏实了许多,竟然很快睡了过去。

我们是被电话铃声吵醒的。是门卫室的保安。他心急如焚地告诉我:"有人在大院外大街被袭击了,很严重,看样子像是你的小舅子!"

我和小银赶紧穿好衣服往外跑。

外面已经是清早。晨光很明亮了。赶早的人随处可见。

外大街,离大院门卫室五十米,工商银行门口左侧,一棵古老的樟树下,坐着一个人,耷拉着头,血流满面。有几个人远远地观望,有人说已经报过110和120了。小银一眼便认出是她的弟弟,上前一把抱住他。这一抱,他的头竟然往一边歪过去,悬挂在小银的胳膊上。我摸了一把小舅子的鼻孔,好像没有了气息,又好像一息尚存。晨风很大,车来车往,地面在震动。我把握不准。小银突然放开喉咙,失声哀号,像狼嚎,把路灯都震得晃动起来。

  警察很快赶到。街道对面的早餐店老板主动站出来做目击证人,说小舅子是被一个男人用U形锁砸的。突然袭击,往头上砸。砸了好几下。砸倒后,那男人还搜小舅子的身,似乎取走了什么东西,然后往大院方向跑了。

  我跟随警察来到了韦姨家门外。警察一脚踹开了她家的门。

  韦姨家灯火通明。客厅被收拾得干干净净的,一点垃圾也没有,整个屋子焕然一新。韦姨在厨房里做早饭。若无其事地,只给我们一个伛偻的背影。

  冠军安静地蹲在原来蹲的墙角里,腰身缠着硕大的铁链,铁链上系着一把崭新、高档、锃亮的U形锁。毫无疑问,那是我的锁!但锁在他的身上,看上去太合适了。似乎是,一直都这样。

日出日落

SHI YANG ZHEN DE HAI

一

外祖母带着我沿着一条废弃的旧铁轨来到了石羊镇。

这里看上去很破败,充满沮丧和颓废的气息,从空气就可以闻出来。一条乌黑的河穿过镇区,两岸有一些低矮而杂乱的房子,其中一些是被丢弃的旧厂房,屋顶千疮百孔,墙面残破,机械拆掉后留下的痕迹依稀可见。镇上的人不是很多,反正,在街道上行走的人寥寥可数。我的到来,首先引起了一个高个子的注意。

我从铁桥那头走过来,在桥中央跟他相遇了。

这座桥是连接两岸的唯一通道。桥的护栏锈迹斑斑,桥面铺的是水泥,有的地方破了洞,像是桥的眼睛。桥底下是湍急的河水,还有露出水面的泛白的乱石。河床两边,那些杂树和草藤乱哄哄地蔓延开去,它们的叶子营养过剩,长得异常茂盛,散发着一股公牛发情般的气味。

高个子拦住了我的去路:"小陌生人,你从哪儿来?"

我回头看外祖母。一路上,她都是我的发言人。我可不敢随便跟陌生人说话。外祖母在我身后大约有三十米的距离。她步履蹒跚,走得很慢,走几步便要停下来歇一阵,一副很不情愿回家的样子。担心她走着走着便睡着了,我得经常回头唤她,尽管她未必能听得到。

外祖母没有抬头看我,因此我并没有贸然回答高个子的问题。

高个子说:"那你知道我要去哪里吗?"

我摇了摇头。

"我要去西山看日落。"高个子兴致勃勃地说,仿佛是要做一件十分重要的事情,而且要让所有的人知道。

我抬头发现太阳不在头顶上了。他指着前面远处的山。那座山横向着,跟河流的方向是并列的,绵延起伏,看上去不是很高,但很陡峭,而且草木丛生,看不到路,要爬上去应该不容易。太阳往山那边移动,但速度比外祖母走路还慢,也是一副不情愿的样子。

高个子腰间挂着一只军绿色水壶,手里抓着一根细长的竹竿。除了高而且瘦,头颅偏小,嘴巴偏阔之外,我看不出他有什么与众不同的地方。他说话的时候很和气,也一本正经,并不把我当一个小孩子,而是像对待朋友一样亲近。我觉得他是一个心地善良的人。

我朝他笑了笑,然后准备跟他别过。但他并不焦急赶路,仿佛要将多余的时间在我的身上耗完。

"你要不要跟我一起去看日落？"他问我，"对我来说，两个人看跟一个人看没有什么区别。"

我摇摇头。

"明早，你要不要跟我一起去东山看日出？"他朝相反的方向指了指。

原来东面也有一座差不多同样高的山，跟西面的山遥遥相望，而且走向都一样。

我还是摇了摇头。

"看来你跟他们一样，也没有什么特别。"高个子说。

他可能对我有些失望，叹息一声，离我而去，很快便跟外祖母碰面了。他没有停下来跟她交谈，只是擦肩而过，我甚至不能断定他跟外祖母是否打了招呼或点头示意过。

外祖母的家在金沙巷的巷头，靠近主街道，豆腐铺的旁边。周边还有裁缝铺、打铁铺、理发铺和麻将馆，但傍晚时节冷冷清清的。因为有舅舅和舅母在家，外祖母家的院子充满了生活气息。房子和围墙明显重新修缮过，看上去十分牢固。家里的东西摆放得井井有条，干干净净的。舅舅矮小、秃顶，因为缺了一颗门牙，说话漏风，让人听起来费劲。舅母偏胖，皮肤白净，看上去比舅舅年轻很多。引人注意的是她的鬈发，发黄，刚好及肩。

小镇并不小，在矿业兴旺的那些年，这里曾经辉煌一时。外祖母说，那些年，四面八方的人拥进来，镇上车水马龙，灯红酒绿，像大都市。舅母就是那时候嫁到了这里。而我母亲也是那时候被一个从外省来的工程师拐走的。母亲是石羊镇最漂亮的"小绵羊"，离开的时候已经怀上了我。外祖母可能不放心自己的女儿，一直追随着我的母亲生活。半年前，父亲去了非洲探矿，并传来一些真假莫辨的绯闻，母亲六神无主，几天前也匆忙赶往非洲。外祖母把我从城里带到这个陌生的地方。如果父母永远不回来，我也将长久留在这里，成为石羊镇的一名居民。

第二天一早，我发现高个子家竟然就在外祖母家的对面，只隔着五六米宽的石板路。一座破败不堪的院子，院门很窄，门板破损得像一块木筛子，上面还长了几朵瘦小的蘑菇。有三四间砖瓦房。屋顶的黑瓦几乎没有一片是完好的，上面还有一些长得老高的杂草。围墙很矮，是石头垒的，石头墙上不仅长着毛茸茸的青苔，还爬满了青瓜藤和牵牛花藤，如果再细看，还能看到硕大的福寿螺。院子里没有铺地板砖，只有几块形态不同的垫脚石形成了一条曲线，从院子外一直延伸到屋门前。一棵枇杷树在院子的西北角全力以赴地舒张着油绿的叶子。树上还有一个草帽大小的鸟窝，但又破又旧，估计是早被鸟遗弃了。

高个子站在他的院子里朝我喊："喂，你好！"

我惊喜地朝他点了点头。

"我们不再是陌生人了。"他说。围墙的高度才到他的膝盖，他只需要抬脚便可跨出来跟我握手。两个院子，彼此能一览无余。

我心里认同他的说法。

"我已经看日出回来了。"他兴冲冲地说，似乎这一天有了一个良好的开始，一切都会得心应手。

我终于开口回应了他："好呀。"

"你见过日出吗？"他问。

我不能肯定。

"你见过日落吗？"他又问。

我也不能肯定。

"那你每天都在干吗呢？"他对我很好奇。

我说，我还在上学，现在只是假期。

他沉默了一会儿，沉吟道："可惜了。你年纪小小的便已经错过那么多美好的东西。"

我不认可他的话，反问："日出、日落有什么好看的？"

"太阳每天都是新的。今天的太阳跟昨天的太阳肯定不一样。甚至每天升起和落下的都不是同一个太阳。你明白吗？"高个子说话的时候仿佛高高在上，我得仰视才能看见他的脸。

我不明白。初来乍到，我什么都不懂，只是对一切都很好奇。

"就像什么呢……就像每天吃的豆腐一样，都是新鲜的。"高个子说，"绝大多数的人一辈子只见过一个太阳，而我，见过无数的太阳……"

我觉得哪里不对头，但又说不出来，突然醒悟：可能是跟一个外人说的话太多了。于是我转身要回屋子里去。

"你得像我一样，不要虚度光阴，每天都要干有意义的事情。"他很诚恳地对我说。

我回过头回答，好的。

然后，他还急切地告诉我，今天不要吃豆腐，因为他闻出豆腐铺的豆腐不够新鲜。

"做豆腐的老杜今天早起了十五分钟，意味着今天的豆腐老了十五分钟。"

我回到屋子里，把这个消息告诉了外祖母。她却劈头盖脸地对我说，不要听对面的人胡说，他是一个懒汉，全镇最懒的人，每天除了看日出、日落，什么正事都不干。

外祖母的话也许是正确的。早上见过高个子后，这一天很长的时间再也没有见到他的身影，院子静悄悄的，直到快傍晚，他才从屋里伸着懒腰走出来，推开院子的木门时，门上的蘑菇受到了惊吓，掉了几朵。我站在这边的院子门槛上对着他笑。

"今天早上跟你说了太多的话，下午我睡过头了十五分钟，快要耽误我看日落了。"他对我说，"今天我不能怪你，但今后如果遇到类似的情况，你有义务叫醒我。"

我只是笑。他急匆匆穿过巷子，往大街西头跑。我想，他的影子也会跟着他跑，但跟不上，很快便跟丢了，他会不会发觉呢？

天快黑了,我正在屋子里吃饭,突然听到外面有人叫:"喂,小学生!"我听出来,是高个子的声音。我走出门。他在外祖母家的围墙外,欣喜地对我说:"我刚才在西山捡到一只南瓜,是太阳在快落山的时候留给我的,它带不走。"

他朝我举起一只熟透了的南瓜,跟他的头差不多大。

"欢迎你到我家喝南瓜粥。"他真诚地邀请我。

我摇摇头。我对南瓜粥没有一点儿兴趣,因为今天外祖母折腾的晚饭正是南瓜粥。

高个子说:"不是每天都能幸运地捡到南瓜。当然,有时候看日出,也能捡到其他东西。"

外祖母在屋里叫我的名字,是命令我回屋的意思。

"我的意思是,天无绝人之路。"高个子提高了嗓门。这句话是朝着外祖母说的。

二

开始的时候,外祖母去哪里都带着我。但很快她便发现我经常在她的身后无缘无故地消失,像走丢了的影子。她惶恐地大声呼喊我的名字,差不多全镇的人都能听到,很快我的名字家喻户晓。她一呼喊,有时候,我从斜里的巷子或偏僻的角落跑出来;有时候,我重新出现在她的身后,拍打一下她的背;更多的时候,她呼喊大半天也得不到我的回应，因为我知道镇上哪些地方更好玩，偷偷地逃离了外祖母。她不耐烦了，而且，她有自己要做的事情，便放任我自由。于是，我像一匹小马驹似的在镇上乱闯。常常，我会在街头偶遇高个子。他的手里总抓着能吃的东西，比如青菜叶、萝卜、扁豆……有一天傍晚，他提着一只大大的黑色塑料袋子，风把空荡荡的袋子吹得噗噗响。我问他："你提一个空袋子干吗？"

他晃了晃袋子，说："里面明明有一块肉，你没看见吗？"

他让我用手触摸一下袋底。我捏了一把，果然是一块软乎乎的东西。

"上我家吃肉去。"高个子又一次真诚地邀请我。

我犹豫了一下，答应了他。他很高兴，让我跟着他回家。我闪进高个子的家时，他用袋子遮挡着我，没有让对面院子里正在筛选黄豆的外祖母察觉。

高个子屋里黑麻麻、乱糟糟的，散发着老鼠和蟑螂的尿味。这个院子只有他一个人生活，显得过于宽大了，孤独的气息无处不在。一些房子是多余的，因为里面啥都没有。他睡觉的房间明亮一些，门板上钉着一块黑底白字的小木板，上面赫然写着"北大落榜生"，字写得倒是很端正，而且是用油漆写的，擦不掉，即使在昏暗中也闪闪发亮。房间里除了一张被蚊帐完全遮掩的木床，还有一个简易的书架，上面摆着马灯、收音机、笔筒、闹钟和瓶瓶罐罐，都是旧的，几本同样破旧的书和杂志散落其间。我进门的时候刚被蛛丝拂面，才十几秒钟的时间，出来时蛛丝竟然又接上了，把我的脸重新拂了一次。

厨房空间很小、很简陋，几乎看不到厨具，也没有多余的锅、碗、筷，好不容易才从一只塑料瓶里刮够一小勺的盐。肉有点儿馊了。他用清水浸泡了一会儿，然后扔进锅里，煮了一会儿，捞出来，小心地切成一小块一小块。然后，小心地将肉和莴笋一起炒。刚炒了几下，他突然想起什么，喊了一声"天啊"，扔下铲子往外跑。我还没回过神来，他已经回来了，手里抓着一小把紫苏和薄荷，放在水里用力搓了搓，然后扔到锅里，重新开火。那香气，顿时撑爆了厨房。

只有一个碗和一双筷子。碗口缺了一小块，筷子从头至尾都有霉黑。高个子把碗和筷子都给了我，他用手抓菜。肉把他烫得直叫。那是我吃到的最好的肉，每次把肉扔进嘴里，我都像他那样发出惬意的笑声。

吃完肉，我才问他肉从何而来。他说，是捡到的。在去看日出、日落的路上，什么都有可能捡到。我半信半疑。外面传来外祖母的呼喊声，仿佛她知道我躲在高个子屋里。

"你是不是也觉得我是全镇最懒的人？"高个子说。

我觉得是的，因为我从没见他干过正事，整天游手好闲，或睡懒觉。

"好像石羊镇的衰败、没落,他们的贫穷和愚昧全是因为我的懒惰造成的。其实我是全镇最勤快的人。"高个子说,"我说的是最勤快,你到底明不明白?"

"就因为你每天都去看日出、日落吗?"我说。

"是,也不全是。有时候我也干一些别的。"高个子很诚恳地说。

三

因为吃了高个子的一顿肉,我对他亲近了许多。而且,我觉得我要承担起一定的责任。从此,每天清晨,我都赶在外祖母起床之前起来,站在围墙内的椅子上朝高个子那边看。如果他家中间屋子的门开着,就证明他已经出发去看日出了。如果这个时候门没有打开,他肯定是睡过头了,仍没有起床,他将错过这天的日出。

那我就得叫醒他。我们仿佛达成了默契,每天他都等到我站在围墙上,才匆匆出门。傍晚不用我担心,因为他总能准时从屋子里出来。他从不会错过日落。

他曾错过一次日出。他的母亲去世那天,因为太过悲伤。

"日出就那样,错过了也就错过了,像亲人去世了,留下的遗憾永远无法弥补。"高个子说。

有一天早晨,我照常起来,却发现他中间屋子的门紧闭着。我赶紧跑过去,推开他虚掩的门,对着屋子里面喊:"起床呀!如果再不起来,日出就要变成日落了。"

高个子呻吟了一声:"我病了。"

我看到他躺在床上,蜷缩着身子。我摸了一下他的额头,发烫了。

我说:"今天就睡觉吧,不要去看日出了。"

然而,高个子没有听我的,挣扎着爬了起来,下床,跟跟跄跄地往外走。

"还早……还能赶上……"他差点儿被门槛绊倒。

我很替他担心。中午时候,他回来了。我们隔着各自的围墙看到了对方。

"今天的日出比平常更美。"他说,"谢谢你及时叫醒我,我要送你一件小礼物。"

他从口袋里掏出一只野芭蕉,熟透了的,他用一团报纸包裹着扔过来,落在我的身后。我捡起来,直接吃了,很清甜。这种芭蕉,叫美人蕉。

"山上什么都有。对热爱生活的人来说,天无绝人之路,一根芭蕉就可以顶半天食粮。"高个子说。

四

高个子不仅晴天去看日出和日落,下雨天也去。有一次,我看见他打着雨伞出门,雨水也没能阻挡他。我叫住了他:"高个子,你是不是去看日出呀?"他停下来对我说:"你是不是觉得奇怪?"

我当然觉得奇怪。满天的黑云悬挂在空中,不把雨水下完是不会散去的。

"不管下不下雨,太阳每天都会出来的,也会落下去。"他说。

"那你看得见它吗?"

"当然……只要我站在山顶上就能看见。"

我觉得他有点儿好笑。

"等你长大后就会懂得这些道理。"他说。

说罢,他赤脚踩着水流成河的街道走了,很快消失在雨中。

还有一次,他从山上回来摔坏了腿,疼得龇牙咧嘴。第二天一早,他竟拖着受伤的腿爬上东面的围墙,坐在围墙上往东边眺望。我问他:"今天不去看日出了?"

他痛苦地呻吟着,回答说:"我正在看日出。"

我忍不住笑出声来。

"只要内心敞亮,在围墙上一样能看到日出日落。"他说。

"那你每天在家里的围墙上就可以看日出日落,何必跑到山上去呢?"

"你跟他们一样,总是问一些肤浅、可笑的问题。"

他一边"看"日出,一边和我说话。

"听说你从海边来……东海那边,离太阳最近的地方。"他用谦卑的语气问。

我说:"是的。我在海边长大,每天出门就能见到大海。"

"那你肯定每天都能看到日出和日落。"

"我不能确定……"

"傻瓜,太阳从海面上升起来、落下去,那就是日出和日落。"

我并非每天都留意大海。吃饭、上学、玩耍、睡觉、听母亲唠叨,天天如此,大海就是一潭单调的水,对我没有多大的意义。

"你真是身在福中不知福啊!"高个子说。

为了掩饰心里的自卑,高个子仰着头尽最大的努力做出极目远眺的样子,好一会儿,他兴奋地说:"太阳终于出来了!比平常晚了十五分钟。"

但我踮起脚尖也看不见太阳,甚至连它的光线也感受不到。他对我很失望,一副恨铁不成钢的样子。

"在自家围墙上就可以看到日出,你肯定是全镇最高的人。"我说。我心里讥笑他像一只坐井观天的青蛙。

他从围墙上退下来,喘息了一会儿,然后喃喃地说:"我想去海边看一次日出日落,很想。"

其实我无数次见过海上的日出日落,但从没有向他描述过那种景象。因为对从没见过大海的人描述大海是一件难度极高的事情。但他双眼直勾勾地盯着我,似乎从我的身上看到了海上的日出日落。

五

"石羊镇是世界的谣言中心。"

高个子悄悄地告诉我,在这个镇子上,看到的东西不一定是真实的,听到的东西更加不可靠,凡事要用心去感受、辨别,要提防别有用心的坏人和蚊子一样烦人的风言风语。"就像翻开石头,看到的可能是蚯蚓,也可能是蜈蚣。"在他的院子里,我和他一起翻动那些石头和砖块,寻找蚯蚓。他要带我去钓鱼。舅舅觉察到了我跟高个子过从甚密,警告过我,不让我跟高个子在一起,说他脑子坏了,游手好闲,还经常偷别人的东西,"有一次,进我家的院子偷豆子,被我抓住了。"

"石羊镇有一半的流言蜚语与我有关。你别信,我也不信。"高个子说,"因为他们都是愚蠢、庸俗的人,连日出、日落都未必分得清楚。"

但我知道一个传言可能是真的。

一年前,也许是几年前,高个子趁舅舅不在家的时候怂恿舅母跟他一起去看日出日落。舅母居然动心了。如果不是豆腐铺的老杜及时告密，舅舅追赶到街角的尽头阻挡了他们的去路，那天清晨高个子和舅母就真的一起看到了日出。

老杜似乎自始至终看在眼里，把高个子和舅母的一举一动描绘得十分详细，连他们一前一后、东张西望、慌慌张张的步态和表情都比画得一清二楚，让人不得不相信是真的。他经常拿此事来说笑，我就无意中听他说过一次，彼时我夹在一群闲聊的人当中。老杜眉飞色舞的样子令我很生气，趁所有人不注意，我偷偷在他身后的豆腐里撒了一把煤灰。可惜了洁白的豆腐。

我终于明白舅母和舅舅即便面对面也不跟高个子打招呼、说话的缘由。尤其是舅母，刻意躲避着高个子，两个人不可能同时出现在各自的院子，仿佛害怕舅舅在暗处监视。有一次，高个子突然跟我提起舅母："她的鬈发，像大海的波浪。"我说："你见过真正的波浪吗？"高个子沉默了一会儿，说："真正的波浪大概也就是你舅母鬈发的模样。"

我格外留意过舅母的鬈发。它很柔软，很纤细，很有弹性，每一根都舒缓地弯曲，鲜活地攀爬着，散发着桂花的芳香。无风的时候，大海的波浪大概也就是这个样子。

高个子说："他们都误会我了，我对你舅母从来没有非分之想。我对谁都一样。"

是的，我觉得他不应该是一个龌龊的人。他可能只是想找一个人陪他看日出而已,没有多余的想法,而舅母恰巧是其中的一个而已。高个子也曾经多次怂恿我跟他一起去看日出日落,说了很多道理,都被我拒绝了,不是什么特殊原因,只是对在海边长大的我来说,日出日落像吃饭、拉屎一样平常,不值得去看。

镇上也没谁愿意跟高个子说话,甚至不让他靠近。他们说他身上有一股老鼠尿的臊味,可是我闻不到。他们处处提防着他,他从他们身边走过,他们会马上警惕起来,仿佛他会变魔法,不经意间盗走他们身上的财物,或者,让他们沾上一身鼠尿。舅舅如数家珍地向我介绍过高个子做过的坏事,大多跟偷盗有关。镇上的人说,那些挖矿的人是大盗,高个子是小偷,现在石羊镇什么都没有了,再也养不起他们了,总有一天会把高个子饿死。

然而,我从没有见过高个子做坏事,相反,我还看到他做过不少好事,比如,清理巷子水沟里的死老鼠,帮街坊捣掉屋檐下的马蜂窝,给外乡人带路,帮被风雨摧毁巢穴的鸟重建家园……这也是我愿意跟他一起去钓鱼的原因。

那天午后,阳光很好,我们去一个很隐蔽的河湾钓鱼。高个子似乎是第一次干这活儿,笨手笨脚的,我也不是很熟练。结果,鱼把我们所有的蚯蚓都吃光了,也没有一条鱼上钩。我们的鱼桶空荡荡的,但我们过得很愉快、充实。高个子说,如果是在海上钓鱼,我们的桶早就装满了。

我父亲就曾经喜欢到海上钓鱼,一个人,撑着小船到离岸很远的地方,我们都看不见,母亲为此提心吊胆,禁止我随父亲出海,害怕我染上爱钓鱼的毛病。由于高兴,我破例向高个子详细地描绘了海上日出和日落的情景,甚至用树枝在河滩上画出了图案。河滩足够大,可以画得下大海和太阳。高个子整个身子匍匐在地上,像一个小学生那样专注地盯着我手里的树枝,而我并没有辜负他,细腻地连波浪也刻画出来了。末了,他问我是怎样从海边来到石羊镇的。我说,我也不知道,外祖母领着我坐了一天的班车和两三天的火车,中间还换乘轮船和拖拉机。世间的地名和线路太繁杂,无法让人弄明白。

我告诉高个子一个秘密,而且他相信了:只要一直沿着这条河走,一定能看到大海。为此,他十分兴奋,仿佛是迎来了一生中最重大的发现。

但我很快便后悔了。不止外祖母、舅舅,还有镇上所有的人,都责怪我做了一件错事。因为几天之后,高个子第一次离开石羊镇,沿着河流,去见识大海。

当然,事先我也知道。那天他向我告别,说要出一趟远门。我知道他想干什么,但不说,我也不想揭穿他。可是,他是否知道这条河流到底有多长啊?要穿越多少座山,要蹚过多少荒野,才能到达大海?

高个子的消失在镇上引起经久不息的恐慌。仿佛他离开后石羊镇的人口骤减了大半,街道、店铺、院落和内心都突然变得空空荡荡。他从没有过那么让人牵挂,甚至还有人将他的离开作为石羊镇继续衰败的标志性事件。

"连他都走了,证明石羊镇彻底没有希望了。"

可是,高个子在的时候,他们也没有觉得石羊镇有什么希望。

所有的人都知道是我告诉了他去往大海的秘密。他们责怪我的原因是,高个子此去必死无疑……虽然他是一个傻瓜、懒汉、小偷,死不足惜,但他毕竟也是我们的街坊,他的母亲还是一个好人。

尤其是外祖母,整天捏着佛珠,在院子里踱步。

"万一他有什么三长两短,我怎么向他死去的母亲交代?"外祖母似乎在责怪是我让高个子去送死的。

舅母也忐忑不安,每天都透过窗户偷偷地眺望对面的院子。有时候,她还来到自家的围墙边,假装晒陈皮和布鞋或其他微不足道的物品,用不易让人察觉的目光越过巷道。她的脸色绯红,宛如海上日出。

只有我很淡定。我对舅母说,如果高个子不回来了,那么我就代替他,每天都去山上看日出日落,即使下雨天也不例外。平常寡言少语、对我爱理不理的舅母突然对我热情了许多,趁舅舅不注意偷偷塞给我一些零钱,有时候没话找话,向我打听高个子的秘密。我告诉她,我和高个子之间没有秘密,太阳底下一切都是明亮、坦荡的。

"如果你真的去看日出日落,可以带上我——或者是,我带你。"舅母半开玩笑地说。

此时的舅母已经怀孕了。腹部明显鼓了起来,看上去像一只青蛙。她的肤色很白净,像极了青蛙的肚皮。

为舅母几个月后的分娩做准备,外祖母买回来十几只母鸡,就散养在院子里。那些鸡并不安分,经常炫耀自己的飞行能力,跃上围墙,俯视众生。

一个下午,舅母打了个喷嚏,一只在墙上仰望天空的母鸡受到惊吓,张开翅膀飞到了对面的院子,舅母大惊。家里只有我和她,她断然不敢私自到高个子院子里去。我自告奋勇,但舅母说:"我也想去看看。"

就这样,我和舅母推开对面院子的门,进去了。那只母鸡机智而敏捷地从宽阔的门缝钻进了屋子。我领着舅母推开了虚掩的房门,她似乎并不急于捕捉那只母鸡,而是好奇地看着屋子里的一切。

屋子里的简陋和杂乱以及扑面而来的异味让舅母始料不及。

她在高个子的卧室门口呆住了。我打开灯,她鬓发上的蛛丝显而易见。一只老鼠从她两脚之间夺门而去,舅母似乎并未察觉。

"哪像个家啊?"舅母自言自语道。

我并不觉得有什么不妥。舅母让我推开封尘许久的窗户,她从门角处拿来一把竹子扫把,打扫屋子。她的腰身弯不下去,只好直着身子挥动扫把。打扫完毕,她便整理高个子的床。把蚊帐高高挂起,把床单和衣服折叠得方方正正,摆放得整整齐齐……经舅母好一阵收拾,屋子的面貌焕然一新。舅母累了,主要是腰酸了。她让我出门瞧瞧自家的院子,看舅舅和外祖母在不在。我回来报告说,不在。然后,她匆匆出来,逃跑一般离开了高个子的院子。

回到家里,我提醒舅母,我们忘记了那只母鸡。

舅母淡定地说,等到日落时,它会自己回家的。

六

舅舅不在家的时候,舅母经常让我潜入高个子的院子,给院子里的树浇水,看屋子的窗户有没有被风打开,屋顶是不是开了天窗,把他家的床单和席子拿到太阳底下晒晒……

随着身孕越来越明显,舅母的脾气日益见长。有一次,那些鸡在院子里乱哄哄的,粪便、鸡毛满地都是。舅母突然来了无名火,对着院子吼道:"哪像个家啊?"

外祖母和舅舅都莫名其妙,只有我明白其中之义。

舅母似乎坐不住了,要我陪她出去走走。

"往哪里去?"每次我都问。

舅母说,随便走走。

但她每次都要在对面院子门前停留一下，然后再朝前走。

"如果不是怀着孩子，现在我就要你陪我看看日出和日落。"舅母一只手搂着我的肩头说。

她搂着我的时候，鬓发拂过我的脸，依然是桂花的味道，我同时嗅到了她身上淡淡的乳香。舅母仿佛更年轻了，像极了我的语文老师。

"将来，让我儿子陪我去看日出日落。"舅母说。她以为我拒绝了她，其实我心里已经答应。

舅母开始频繁地跟舅舅吵架，不知道因为什么。有时候，舅母在院子里一个人坐着，突然就对着空气发飙，歇斯底里。舅舅不知所措。外祖母并不想跟她有正面交锋，故意躲开。只有我，在一旁暗暗发笑。

有时候，舅母抄起扫把，追打那些明显安分了许多的母鸡们，让它们满院子乱跳乱飞。她有意把那些鸡往墙头上赶，想让它们跳上墙头，然后远走高飞。

累了，她扔掉扫把，朝着我吼道："哪像个家啊？"

外祖母以为舅母指桑骂槐，讨厌我了，容不下我，逼我离开石羊镇，因此她不断安慰我，当着舅母的面塞给我一些零用钱。

"把钱藏好，不要便宜那个小偷。"外祖母提醒我。

"哪有什么小偷！你张开眼睛看看，小偷在哪里？你能不能不再冤枉别人？"舅母斥责外祖母。

我感觉到这个院子的火药味越来越浓,真希望高个子赶紧回来。

七

大概是一个月后的一天早晨,镇上突然迸发一阵骚动,我也感觉到了可能有不寻常的事情发生。舅母一反常态,变得异常愉悦,推开院子的门,站在门外,朝巷子外张望,似乎在等待什么。然而,等了一个上午,什么事情也没有发生,只听说离镇区不到三公里的一个旧矿区发生了坍塌,引发了小范围的轻微地震。这是经常发生的事情,不足为奇。直到傍晚,我才发现巷子里多了一个人。

他从巷子的一头,缓慢地走过来。

像平常那样,他没有理会别人,埋着头专心致志走自己的路,似乎拒绝别人的打扰。我倚在靠近院子门口的围墙上看一群蚂蚁熟练而迅速地搬运一只甲壳虫,开始的时候我并没有意识到是高个子回来了。后来,他抬头向我摆了摆手。

他胡子拉碴的,显得更瘦更高了,头颅也更小,脖子更长,像一只疲惫而沧桑的鸵鸟。

他推开自家院子的门,转身对我说:"我刚看日落回来了。"

说得不动声色,习以为常。可惜的是,昨夜刮了一宿东风,不知道从哪儿飘来的落叶散乱地覆盖着他院子里的地面和屋顶，似乎要把整个院子掩埋，根本看不出几天前曾经被打扫过的痕迹。

舅母刚好在我的身后，她先于我发出了一声惊叫："哦……"仿佛经受不住突如其来的惊吓，她转身逃回屋子去了。她的脚步很是慌乱，像一只横穿马路的青蛙。

我也情不自禁地叫了一声"哦"，如释重负，十分惊喜。

高个子的衣服很脏，他仿佛刚从粪堆里爬回来。我注意到他的后脑勺上贴着一块厚厚的膏药，像一只蝙蝠正在吮吸着他的头颅。

我本想问他到底去哪儿了，见到大海了吗，但话到嘴边又咽了回去。因为我并不觉得见过大海是一件多么了不起的事情，而且还耗费了那么长的时间。

"明天我们还一起去钓鱼吧。"他说，"我们要吸取上次的教训，换一个地方去钓。"

看上去他若无其事，云淡风轻，仿佛从没有离开过石羊镇。

我本想答应他，但明天一早我得回城里去上学。如果不是为了等他回来，我早就让外祖母带我离开石羊镇了。我想告诉他的是，我妈妈带着爸爸从非洲回来了，我们一家仍将住在海边，生活照旧。

在我的身后传来舅母故意发出的一声响亮的咳嗽。我回头看到她在幽暗的屋子里，在窗户前，那双明亮的眼睛放出焦急的光。

我想,她是不是提醒我告诉高个子:我们在你的床底下藏了一罐米,还有黄豆、腌菜和猪油,都是为你准备的。而舅母不知道的是,当时我们一起摆放这些东西的时候,我背着她把我所有的零用钱全部压在他的枕头底下了。没有人知道我在石羊镇这些日子里有多么节俭。

高个子没有等到我的答复,失落地把门拉上,回屋里去了。

明天一早,我离开这里,他去看日出,也许我们会在路上相遇。也许不会。永远不会。我突然有些难过,朝着他,心里默默地说了一声:"再见,高个子。"

八

石羊镇的清晨从来都是安静而祥和的,但这一天出现了意外。

我还在床上,被一阵嘈杂声吵醒了。我以为是地震,慌乱地滚下床,夺门而出。

没有地震,但院子里的一幕比地震更让人恐慌。外祖母用她笨拙的身躯拼死将暴怒的舅舅堵在院门内。当然,她并非只凭一己之力,还有三个女人和两个男人拉住舅舅,让他无法挣脱。

天才蒙蒙亮,甚至还没有多少亮光。那些人是劝慰舅舅的,我看不清楚他们的脸庞,但其中肯定有一个是豆腐铺的老杜。

我确信是被舅舅尖锐的咆哮惊醒的,他那漏风的谩骂和哀号撕心裂肺。

他们七嘴八舌，每个人都把语速和声调推到了极致。鸡舍里的鸡惊恐地骚乱起来。

很快，我听明白了，原来是舅母跟随高个子往东山方向去了。又是老杜亲眼所见。但一切都已经晚了，因为他们很早便出发了，打着手电，一前一后。那时候，老杜还在磨房里磨豆腐，透过窗户看到一对男女轻手轻脚地走过白银大街，开始时他以为只是哪家两口子早起去忙活，便没往坏处想。但过了好一会儿，他突然想起，那女的肚皮有些鼓，步态像鸭子，那男人戴着草帽，遮住了脸，个子高高的，鬼鬼祟祟……他醒悟过来，赶紧丢下豆腐，一路呼喊着跑过来，几乎惊动了整个石羊镇。

外祖母并不希望舅舅把事情闹大，几个人把舅舅手里的菜刀夺了下来。

"他们只是去看日出，没有什么大不了的。"他们劝道。

老杜说："他们一前一后，相隔两三米，不拉手，不说话，规规矩矩的！"

…………

舅舅嘴里嚷着最狠的话，但身体慢慢软了下来，不再挣扎着往外面冲。最后，他一屁股坐在地上，把头埋进两腿之间，呜呜地哭了起来。外祖母也累了，喘着粗气，对他们说，千万别有什么三长两短。他们都纷纷劝慰，保证不会出什么事情。

舅舅可不放心,也腻烦了他们的虚情假意,突然抬头对着他们吼道:"你们懂什么!他们看了日出,就会看日落……而且,太阳这只滚球,每天都有!"

他们面面相觑,陷入了沉寂。舅舅重新把头埋进两腿之间。

突然一切都安静下来,像极了看日出的人们屏住呼吸看太阳从山那边缓慢升起的庄严时刻。这才是清晨该有的样子。

罗德曼与少女

SHI YANG ZHEN DE HAI

还在县里工作的时候,我有一个同事叫罗刚,是退伍兵。大块头,胸肌发达,胳膊看上去比我的大腿还粗。业余我们喜欢打篮球。他是我们篮球队的中锋,拼抢积极,球风彪悍,每场球赛他都差不多贡献全队一半的篮板,我们称他罗德曼。那时候,他已经是中年,是两个孩子的父亲。我和他都住在县政府大院,上下楼,不同的是,县长住在他的隔壁。

他的妻子身材娇小,跟他不般配,但她很谦和,说话柔和客气,很有礼貌,只是明显不是本地口音。她姓苏,我们都称她阿苏。她的娘家在中越边境的靖西县,跟越南只有一条河之隔。她说越南人跟她们村里的人长得一模一样。过去她家的牛常常跑到越南那边吃饱了又回来,而越南人经常越过界河到她村里看露天电影。罗德曼还是士兵期间,在一次军民联欢时认识了她,觉得她人长得水灵灵的,又善良、贤惠、淳朴,便喜欢上她了。此后不久,罗德曼又上了战场,负伤了。在后方养伤期间,他再次见到了她。她正在河边洗菜,对面就是越南。河水也很美,她洗菜的样子也很美。罗德曼叫唤了一声她。她回头看见他,有些害羞,也很惊喜。罗德曼没有多余的话,直接说要娶她。第二天,他们便私订终生。半年后,罗德曼退伍回乡。一个月后,和阿苏结婚。婚后阿苏随罗德曼回到了罗的家乡。

这些年,阿苏曾经热心地给我介绍过女朋友,没有成功,她觉得亏欠了我,每次见到我她都觉得愧疚。她是一个很好的人,大院里的人都敬重她,连邻居市长都对她赞赏有加。

罗德曼是司机,负责开中巴。傍晚下班后,如果没有其他事情耽搁,我们都要在政府大院球场打球,接受来自全县不同球队的挑战。只要有罗德曼在,我们几乎都战无不胜,因为他能抢下大部分的篮板。但除了抢篮板,他对球队的贡献可以忽略不计,因为他移动慢,防不住对手,投篮又不准,似乎永远找不到篮框。可是,如果没有他,我们的球队很难获胜。球赛结束后,我们偶尔要去东门口吃宵夜喝酒。

罗德曼从不喝酒,因为酒精过敏。因此我们总要提醒厨师炒菜时不要放调味酒。虽然吃宵夜的气氛很活跃,大伙嘻嘻哈哈,喝酒很嗨,笑声不断。但罗德曼总比我们严谨,甚至过于严肃,尽管他不是故意的,而且脸上也挂着微笑。我们说八卦和黄段子的时候,他也很开心,偶尔会插嘴,按他的想象或猜测补充细节。只是他从从不说别人的八卦,尤其是对邻居县长的私事一字不提,休想从他的嘴里获得县长家庭生活的蛛丝马迹。也不讲黄段子,因为他的老实巴劲压根不适合讲段子。所有认识他的人都说，罗德曼是世界上最憨厚老实的一个人。如果他说假话，那全世界不会再有真话。哪怕在打球的时候，如果犯了规，他永远都主动举手示意，尽管裁判和对手都视而不见或忽略不计。因为他的诚实，大家都愿意借钱给他。他家境不好，父亲在乡下长期卧床不起，也确实需要钱。只要他开口，没有人会拒绝他。但他从不曾向大伙借过钱。因此大家更信任他更喜欢他。

然而，有一次，罗德曼给我们讲了一个听起来很虚假的故事，假得离谱，甚至可以说是匪夷所思。开始的时候，我们认为他缺乏说故事讲段子的能力，又想博取朋友们的笑声，他要学习讲段子了。尽管起步阶段必定显得幼稚、生硬，语无伦次，一点也不好笑，但我们不应该嘲讽和泼冷水，毕竟他是最老实的人。然而，他反复强调说这是绝对真实的故事，不是段子，没有半点虚构成分。这让我们觉得为难和尴尬，因为仿佛他在污辱我们的智商。

这个故事，他只讲了两次。第一次是十三年前，洞房花烛夜，为了缓解尴尬，睡前讲给他的妻子听了。阿苏既害怕又感动，对罗德曼爱得更深。罗德曼给阿苏讲这个故事是为了让阿苏真正爱上他，目的已经达到了。本来他不想重讲这个故事，但那天在我们输了一场重要的球赛之后，在宵夜摊，为了活跃气氛，缓解输球后的沮丧，他给我们重讲了这个故事。那时候，是冬天，北风呼啸，周边的灯光昏暗，路上十分冷清。他讲故事的神情异常严肃、认真，故事也很沉重，我们听的过程中也很认真，不敢有半点质疑。因为彼时彼景，任何发笑和其它不庄重的举动都会伤害到讲故事的人。我听得毛骨悚然，头发直竖起来了。估计其他队友也是这样。讲完后，罗德曼身子往椅子后一靠，重重地叹息一声，好像刚干了一件十分费劲的事情，乃至精疲力竭。对于这个故事，当时我们都信以为真，我也一直没有怀疑。后来，故事被传播出去，县城里很多人都知道了，其中不乏质疑者，竟然亲自找罗德曼核实。罗德曼一如既往，坚定地说故事所述全是真的。见质疑者仍有怀疑，罗德曼脸一黑，斩钉截铁地说：如我所言有半句虚假，出门全家被车撞死。从此质疑者越来越少，哪怕有，也不敢找罗德曼核实。我曾经跟阿苏说到此事，问她：你相信是真的吗？

阿苏以她的全部真诚和善意很严肃地回答说，我相信是真的，比所有的事情都真。

既然这样，就算是真的吧。

故事是这样的：

罗德曼刚退伍回家的第二天，他便闲不住，去山里砍柴，山是一座大山，但光秃秃的，几乎没有什么柴草。罗德曼知道，这些年村民乱砍滥伐，相当于剥了大山的一层皮。大山离村有十几里地，周边没有人烟，山口又窄，山前还有山遮挡，进了山便看不见外面了，几乎与世隔绝，因而十分安静，连鸟叫的声音都稀少。但山里有几个老者放牛，老者们遥遥相望，分头把守路口不让牛乱跑，互相不甚说话。山前有一块不算很宽阔的山塘，也是一个水坝，过去是灌溉用的，现在已经荒废了。塘里的水很黑，很沉静，纹丝不动。坝首上长满了杂草，也布满了各种垃圾。罗德曼午后从坝首的右边上山，傍晚才从左边下来。在这过程中，放牛的老者赶着牛回家了，罗德曼并没有留意。等他好不容易砍够两把柴草下山时，太阳已经下山。其实，夜色开始从远处步步逼近。按村里的习惯，这个时候不适宜留在山里。只是，罗德曼没有察觉时间的流逝，也不在乎夜幕的降临。从山上挑一担柴草下来，对久不干农活的他来说，感觉累了。他决定在坝首上休息一会。于是，他放下担子，脱下白衬衫，给自己凉快一下，但露出了他身上的军绿色背心。这是在部队时穿了两年的旧背心，洗得有点褪色了，胸前印着的番号还清晰可辨。罗德曼摸了摸口袋，掏出一根白沙牌烟。这是当年最便宜的烟。他刚吐出第一口烟，便听到有人叫他。此刻连风都没有，非常安静，因而他听得十分清楚。是一个女孩的清脆而稚嫩的声音。

罗德曼环顾四周，没发现有人呀。他不断地四处张望，还是没见人影。他以为是自己一时出现的幻听，因为在战场上偶尔也会出现这种情况。他继续抽烟，吐出第三口烟的时候，他又清晰地听到了那个声音：罗刚，哥……

这次他捕捉到了声音的来向。在他的左边，刚才下山的方向。

目光循声搜索，果然看到不远处的山腰上站着一个女孩。

她穿着粉红色的连衣裙，长发披肩，亭亭玉立。头发没有遮掩她的脸庞，因而罗德曼一眼便认出是村里的邻家女孩，叫廖玲。很普通的名字，也很普通的孩子，应该有十二三岁的光景了。因为她父亲早早病逝，母亲又残疾，而且脑子不灵光，所以家境很困难。罗德曼没少帮她家，经常送米送钱送肉。这孩子也争气，不仅学习好，干活也特别勤奋，几乎是凭一己之力支撑起整个家。村里人对她交口称赞。

罗德曼朝着廖玲回答说："噢，小玲，这么晚了，你还不回家呀？"

这个叫廖玲的女孩忧郁地说："我还有活要干……还得等一会儿。"

罗德曼也没有多想，她是一个勤奋的孩子，当然得把该干的活干完才能回家。

"哥，听说下个月你就要结婚了。"廖玲轻轻地笑道。

"是的。谈妥了的。"罗德曼说。

水塘里传来几声蛙叫。罗德曼突然觉得蛙声有点瘆。

"你该回去了。"她说。

罗德曼回答说："我马上要回去了，天黑了路不好走。"

"你很久不走这些路了，不记得有几个坎几条沟几处悬崖，你要小心点。"她说话的语气饱含着担心，像是一个长者叮嘱出门的孩子。

说罢,女孩往山上走,好像她的活正等着她去完成。她双手揪着裙子走路,从背后看,她明显比两年前长高了,有了曼妙的身姿,像一个小女人了。罗德曼看着她消失在山腰的折皱处,刚好吸完最后的一口烟,然后挑着柴草离开。

回家的路上,罗德曼走路的步伐很快,毕竟夜色开始绊脚了,四周逐渐模糊。但他越走越觉得不对劲,廖玲不怕黑吗?有什么活非得干完才回家?他为什么不帮一下她呢?过去他不是一直都帮她的吗?他开始有些后悔,想回头,但双腿不听使唤,双腿还是往家的方向走。后来,他安慰自己说,村里的孩子都不怕黑,习惯了黑……可能她也已经在回家的路上了。

就这样想着,罗德曼回到了家。父母和他的妹妹正在等着他吃晚饭。他的妹妹跟廖玲差不多年龄,也是干活的一把好手,跟廖玲是很要好的朋友,经常是一起上学,一起干活。

吃饭的时候,父母和妹妹都觉察到了罗德曼的情绪和表情有些不对。妹妹说,哥,你怎么不说话呀?

罗德曼轻描淡写地说:"廖玲……小玲这么晚了还在山里,她究竟在忙什么呀?"

父母和妹妹脸色骤然大变,面面相觑。妹妹更是目瞪口呆。

妹妹的脸上写满了惊恐:"你看见她了?"

罗德曼平静地说:"看见啦。她就在半山腰上。我们还说话了。"

妹妹手里的碗啪一声掉到了地上,脸上的惊恐变得狰狞。

母亲意识到了什么,愕然地看着父亲。

父亲叹息一声,艰难地站起来,缓缓地朝门外走去。

罗德曼纳闷了,不解地看着妹妹。

妹妹花了很长的时间才缓过来,说,你遇到鬼了。

罗德曼最不敢想的事情正是这样。虽然从小便听到许多关于鬼神的传说,但他从没有见过。自从入伍后,他压根就不相信这种迷信。

"小玲已经去了。"妹妹说,"就埋在那里。"

罗德曼怔住了。一阵晚风吹进来,他打了一个激灵。到半夜里,他便开始发高烧,第二天,再也没有力气起来。母亲先后请来了几个法师给他驱邪,但都没有效果。其中一个老法师安慰说,像他这种情况,做什么也没有用,但什么也不需要做,一个月后便恢复正常。

不到一个月,罗德曼果然恢复了常态,也不影响她结婚。

罗德曼从妹妹那里知道了廖玲的死因。听起来很不可思议,令他十分震惊。原来,廖玲早就暗地里"爱"上了罗德曼,他多帮一次她,她对他的"爱"就增加一分。罗德曼自己也不知道到底帮了她多少忙。然而,她只是一个邻家女孩,三岁那年随她的母亲到了这个村子里,饱受歧视。她比他小七八岁。他帮她,纯粹是出于本能的善意，因为她家实在太困难了。他也没有察觉小班玲喜欢他呀。还是一个孩子，一个孩子的心思怎么那么奇怪？

妹妹告诉罗德曼，他离开村子入伍的那天，小玲哭得很厉害，怎么劝都不行。

那么，小玲怎么死的？

妹妹说，去年你上了前线，有一天，外面来了一个人，好像是一个民兵，说你被炮弹炸死了，说得跟真的似的，我们都信了，一家人的哭声把屋顶的瓦片都震下来几块。小玲过来陪我，安慰我。但她自己也哭得撕心裂肺的。结果，我们都挺住了。后来，证实那是假消息，大家都很开心，小玲也很开心，我们还在一起唱歌，彻夜说笑，村里的人都"骂"我们是中了邪的疯丫头。那是我见过小玲一生中最开心的时刻。

那么，小玲到底是怎么死的？

两个月后的一天，家里收到你写的信了。信上说，你跟一个靖西妹子订婚了，妹子很好，干活像廖玲一样勤快，等退伍就娶……父母都很高兴。我忍不住把信拿给小玲分享。结果，当天夜里小玲把家里刚买回来的一瓶农药全喝了。第二天一早，我去她家叫她一起上学，发现她已经不行了，你的信还在她的手里攥着，她用笔在信上打了一个大大的红"×"。此事怪我，我怎么那么傻？但我也不知道小玲"爱"你爱得那么傻啊。我们都是傻瓜。

…………

故事至此便结束了。听完后只能沉默，我们能说什么呢？一点也不好笑，也不适宜发笑。

然而，这个被命名为"罗德曼与少女"的故事越传越广，而且越传越玄乎。关键是县长也知道了。县长还郑重其事地找罗德曼，说宣传封建迷信影响恶劣，要他澄清，辟谣，不要让群众以讹传讹。罗德曼争辩说，故事是真的。县长说，哪怕是真的也不行，何况，怎么可能是真的呢？

罗德曼发现要收回这个故事已经太迟了。无论他去哪，都有人问起这个故事。这让他有点烦。打篮球赛，他每投进一个球，总有人惊呼"神灵附体"。阿苏也不堪重扰，因为大院里的妇女家属也经常跟他打听"罗德曼与少女"的故事。在争辩"鬼"是否真实存在的问题时，正方搬出"罗德曼与少女"作证据，反方就会马上气馁……

罗德曼到处说，故事是假的，是他瞎编的。但没有人相信，特别是那些当时亲眼看见他发毒誓保证故事真实性的人，更不相信他的改口，哪怕他发了同样的毒誓保证故事是虚假的。罗德曼陷入了有口莫辩的尴尬和痛苦之中。

"如果'罗德曼与少女'的故事是我不小心拉出来的一坨屎，我宁愿一口一口把它吃回肚子里去。"罗德曼懊悔地说。

但拉屎容易吃屎难，何况它不是一坨屎。它比一坨屎更香或更臭，早已经迎风飘散，弥漫在各一个角落，再也不受罗德曼掌控了。

既然这样,那就让它去吧。

不知道从什么时候开始,罗德曼说谎了。他绞尽脑汁虚构一些漏洞百出却让人脑洞大开的故事,主人公永远都是他,包括一些夜里在医院或街头遇到的灵异事件。给我们讲述的时候,一副严肃诚恳的样子,有人物,有故事,有细节,有场景,生动而逼真,仿佛确有其事。但讲到最后,他总是自己先发笑,尽管没有任何笑点。他一发笑,故事土崩瓦解,前功尽弃。后来,我们明白了,他是故意推翻自己的人设,让人相信老实如他的人也会胡编乱造,最终的目的是要推翻"罗德曼与少女"的真实性。

罗德曼以肉眼可见的速度变"虚假"。他经常在大庭广众之下说假话,编造各类虚假信息,处心积虑,煞费苦心,而且技艺越来越娴熟,添油加醋的能力堪比小说家。说话的时候嬉皮笑脸,还有几分故作的狡诈和虚伪。他甚至向我们当中的人借钱。我们以为无论如何他也沦落不到借钱不还的地步。可是,我们的判断跟不上变化,他竟然借钱不还了,甚至还抵赖说从没有借过谁的钱,你们是不是梦中借钱给我了?我们也开始怀疑他,不信任他,打球的时候甚至不愿意给他传球。怎么看他都不对劲,仿佛他变成了怪兽。广大群众也被告知,"罗德曼与少女"的故事是虚构的,瞎编的,世界上从未曾有过"廖玲"这个少女。我们也相信了。只有阿苏仍然坚信不疑。她处处维护丈夫的形象。有一次她生气了，对我们说："难道你们还没有看出来吗？我就是廖玲！"

我们愣住了，但很快便笑了。这个世界有什么不可能的呢？

阿苏没有什么变化，依然很善良，很客气，很有人情味，还是贤妻良母的典型代表。她的热心丝毫没有减退。偶尔会跟我说，我靖西老家有一个姑娘，各方面都很不错，你有没有兴趣呀？

但我竟然不相信阿苏了，甚至故意躲着她。她也意识到了，从此便很少跟我碰面，或者看见我便远远地躲开。

不久后，罗德曼被调离了工作岗位，不当司机了，而调到了政府门卫室。他没有编制，是合同工。阿苏在一家民营纸箱厂上班，尽管她很善良，但工友对她并不太友好，有点瞧不起她，加上她患了贫血病，力气跟不上，更不受他们待见，不久后她便不再上班了。

当了保安后的罗德曼不再打篮球——理由是腰不好，腰间盘突出，打个喷嚏都会把腰闪了，遍访名医，却毫无改善。阿苏听信旁人的"罗冒犯了五鬼"的猜测，秘密找了几回民间巫师帮忙，半夜里听到她家传出低沉的响器声，还有唱咒语驱魔的，好像也没有效果。罗德曼责骂阿苏"瞎闹"。阿苏回怼他"你一个大头兵懂什么！"一年后，我也调离了县城。当我再次见到罗德曼的时候，他变得大腹便便，笑容可掬，头发也白了，慈祥得像一个爷爷。实际上，他已经当上了爷爷。他在政府门卫室值班。阿苏也在。只是她装作没有看到我，躲闪着进了值班室，十分专注地逗着小孙女在板床上玩蹦跳，两人的笑声十分惬意开怀。

多年后，在县城，已经很少有人谈论起"罗德曼与少女"，但我却把这个故事带到省城甚至京城，在饭桌上聊到灵异事件或量子纠缠、暗物质等科学话题时，我会举"罗德曼与少女"为例子，而且，我信誓旦旦地保证，这是绝对真实的故事。因为它来自一个绝对诚实的人。

驻马店女娃

SHI YANG ZHEN DE HAI

年关越来越近,父亲到县外替别人砌房子还没回来。母亲见不得我无所事事,又怕我在她身边添乱,便给我安排了一个本该由父亲来完成的任务:修补猪圈。

寒风从北方刮过来,把我家猪圈的窗户吹破了一个洞,像堤坝溃了口,稻草纷纷溃散,洞越来越大,寒风鱼贯而入,迅速占领了猪圈。有时候寒风还夹带着细雨,把猪圈搞得湿漉漉的,增加了它的冰冷程度。猪圈很干净,屋顶的瓦片早被父亲收拾得密不透风,除了窗户,猪圈没有其他的瑕疵。母亲说,你把窗户堵上就行。我说,我家又不养猪,堵它干吗呢?

我家有半年多没养猪了,但猪圈里仍然残留着猪的气味。说实话,我不喜欢这种气味。

窗户透风了,正好,把猪的气味赶出去。母亲笑了笑,突然严肃地说,不能让寒风住进我们家的任何一间屋子。我明白了,母亲把寒风当成了坏人,哪怕闯进猪圈也让她感觉到不安全。于是我领命去找稻草和竹子。

还不到中午，村子里还不热闹。不下雨，只是冷。母亲在准备过年的粮食，把所有的米、谷子和杂粮集中起来，统筹安排，要精打细算，哪天吃什么，多少张嘴吃，吃多少，至少她得心里有个数。这个时候，谁也不能打扰她。我朝村北走。翻过北坡的梯田时，看到远处有一队人马往村子里走来，一共有十一个人。他们背着高耸的背包低着头走路。他们中间还有几个女人和小孩，也背着大小不一的包，仿佛走过了很长的路，一副十分疲惫的样子。在离我很近的地方，一块向阳靠坡的草地上，他们一屁股坐了下来，如释重负地躺直。其中一个大胡子男人看到我，向我招招手问："前面是不是米庄？"我有点忐忑，但还是诚实地回答说："是。"

"前面就是米庄了。"他对妇女和孩子说。

妇女们兴奋起来，孩子们更是欢欣雀跃。听他们的口音，应该来自遥远的地方。他们穿着厚厚的棉袄，脸通红通红的，头发凌乱而且像板结了。脚上的布鞋又脏又破，有的脚丫都露出来了。有女人要喝水，一个男人从背包里掏出水壶来，晃了晃递给她。她嫌水太凉了。男人竟从背包里掏出铁锅、锑煲等整套炊具来，并架起铁锅，找来干草和柴枝，生火烧水、做饭。

我在他们的身后砍竹子，一口气砍了三四根，像鞭子一样小小的，觉得够用了。前面的稻田空空荡荡、荒凉肃杀，但还有一些零散的干稻草。我把竹子放到稻田边，然后去拾稻草。当我看中一小堆干稻草,刚要俯身去捡时,一个人捷足先登,用身子背对我,把干稻草护住了。

"是我先看到的。"是一个小女孩,这伙外地人中的一员,刚才我看到了她在他们中间,穿着灰色的破旧棉袄,两边的肩膀上都破了洞,棉花从里面钻了出来。棉花也是旧的,是一团团发黄的棉絮,风一吹,它们就挣脱她,逃跑到空中。

我放弃了,走向另一堆稻草,但我忍不住回头看一眼这个小女孩。她比我矮小一点,脸上沾满了尘土,对我很警惕,还有点凶,但很漂亮,牙齿很整齐,鼻子和眼睛都很好看。她比村里所有的女孩子加起来都漂亮。可惜,她跟着一伙乞丐。

是的,他们就是乞丐。这些年来,每年都有三五批外地人成群结队到村里来讨吃的,挨家挨户去要米。有时候,上一批前脚刚走,下一批又来了。他们都操北方口音,有些还听不懂。听说他们也不容易,家乡闹饥荒,青黄不接,只好逃荒,一路逃到南方。既然如此,总不能见死不救吧。开始,村里人对他们还算同情、热情,给他们吃饱,还给他们一些米。后来,来的人多了,大家也就不那么热情了,因为我们的日子也过得紧巴巴的,一年到头没吃过几顿饱饭。哪家的孩子不是喝清水稀粥,走起路来能听到稀粥在肚子里的激荡声。

我抱着竹子和稻草回来,扔到猪圈里,然后跑回家去告诉母亲,又来了一批乞丐。母亲下意识地将手里的谷子塞进隐秘的陶罐里,盖上油布,警觉地往门外瞧了瞧,对我说,来就来呗,又不是住我们家。

乞丐从不在我们村里过夜,得到了施舍就离开。

我得告诉其他人,乞丐大军正在村北生火做饭,很快便要进村。

母亲让我赶紧把猪圈的窗户堵上,明天可能又要下雨了。我只好去堵窗户。

跟读书相比,我更勤于弄泥玩沙,母亲预言我将来会成为一名像父亲一样出色的泥水匠,可以造房子,放在古代,可以搭桥砌楼,甚至可以修长城。因此,堵上一个窗户费不了我多大的功夫。到了午饭时刻,我已经将猪圈的窗口堵得严严实实,妥妥帖帖,一丝寒风也休想钻进来。我还顺便把摇摇欲坠的木门也加固了,路过的人对我的手艺赞不绝口,对此我早已经习以为常。但我还是告诉他们,成群结队的乞丐又来了。还提醒他们准备些许白米、谷子,打发他们。

"不给。凭什么?除非他们帮我家修理窗户,还得像你一样能干。"

我知道他们说什么。我才不讨饭呢。母亲说,如果更省俭一些,我家的粮食是可以撑到明年三四月的,但到那时候,还是会青黄不接,还会断炊饿肚子。可是,每年我们都能挺过去,从没有沦落到外出讨饭的地步。

母亲对我的工作成果很满意,说等我到了十六岁就可以跟泥水匠当学徒了。父亲就是一名泥水匠,他的代表作是国有茶场的连排房子和炒茶炉。

下午,我和母亲正在房子里缝补衣服。我的裤子正在母亲的针线底下修复缺口,像极了我修补猪圈的窗户。我光着屁股钻在被窝里。突然,外面传来陌生的声音:"有人在家吗?"

我机警地示意母亲别吱声,但来不及了,她已经本能地回答:"噢,有。"

母亲起身出门。我没有裤子,无法离开床,很焦急。

我估计外面的人至少有两个。

一个男人的声音:"大妹子,我们从河南来,家里闹饥荒,走投无路了,求求你施舍一点……"

母亲说:"跑了很远的路啊。"

男人说:"可不,因为难嘛。"

母亲说:"我知道,不容易。家家都有难的时候。"

男人附和说:"是呀,现在特别难。万不得已,我们也不会出来讨饭丢人现眼。"

男人想起了什么,赶紧从口袋里取出一个本子来递给母亲看:"我们不是坏人,我们有政府盖章的乞讨证的。"

政府公章鲜红得发亮,可能害怕被它灼伤眼睛,母亲草草瞧了一眼乞讨证便转脸看女人。女人瘦小,看上去十分善良,也很谦卑,脸上还有羞涩。

女人乞求着说:"多少给一点吧,就一点。多少无所谓。"

母亲赶紧说:"给,给。"

母亲领着他们上偏房去了。那是我家储存粮食的地方。

待我找了一条哥哥的裤子穿好出门去要瞧个究竟时,他们已经离开。母亲回来了。

"给米啦?"我问。

"给了。"母亲平静地说。

"给得多吗?"我问。

"怎么说呢,不算很多吧。"母亲淡淡地说。

"给的是碎米吧?"我问。希望是这样。

"不,是好米。"母亲说。

"干吗给他们好米?"我嘟哝一句。

母亲没有回答,进屋继续给我缝裤子。

"今天早上我见过他们。十一个人,估计是分头行动,来我家三个人。"我说。

"其他人不会来我家讨米了的,你放心。"母亲安慰我。乞讨也有规矩,同一拨人不会重复到同一户人家乞讨。

可是,话音没落,屋外头又传来了一阵外地口音:"请问有人在家吗?"

我和母亲赶紧出门。一男一女,看上去是夫妇。还有一个女孩。对，就是那个漂亮的女孩。她也认出我来了，突然变得有些羞涩和局促，退躲到女人的身后，甚至不敢朝我这边看。

"我见过他们。同一类人。"我悄声告诉母亲。他们三人分别背着帆布斜挎包，颜色形状都一样，小女孩的包小一些，看上去都什么也没有装，松垮垮的。估计他们在其他户乞讨所得不多，甚至可能被毫不客气地轰出门来。因为传说讨饭的不一定都是好人，有骗人的，有偷盗的，有强抢的，他们的包里不一定是米，也有可能藏着锋利的刀子和迷魂药。我心里有些紧张，还生怕母亲心太软，出手过于大方。

他们刚要开口说话，母亲抢着先说了："刚才你们……你们的人不是来过了吗？"

他们面面相觑，恍然大悟，男的谦卑地赶紧赔着笑脸说："啊，明白……我们只是路过。"

他们要掉头离开，母亲指着我家院子的后门对他们说："从这里走也是可以的。"

他们明白了，转身往后门走。

母亲突然叫住他们："你们跟他们确定是同一批人？"

男的回答说："是的。我们从河南过来的，同村的乡亲。"

女人补充说："我们从驻马店来。驻马店……穷地方。我一家四口，除了她奶奶，全来了。"

男的指着小女孩说："我闺女。她本来还有一个哥，去年得病死了。"

母亲说："这孩子也跟着跑了那么远的路啊。累坏了吧？"

小女孩躲闪着回答："我不累。"

我发现小女孩的脸比上午苍白，可能是擦洗去了污垢的原因。她留了一个刘海，梳得很整齐，衣服也变得干净，不像一个小乞丐。

"你们吃过饭了吗？"母亲问他们。早过了吃饭点儿了。我知道这是母亲的口头禅，礼貌性问候。

男人支支吾吾地说："吃，算是吃过了的……"

女人也说："我们出门在外，习惯了……"

他们要离开，但小女孩说话了："我饿。"

女人拉着女孩的手，要往外走。女孩心有不甘，回头对我母亲说："给一口吃也行……"

男人低声斥责女孩："别不懂事，坏了规矩。"

但女人态度没有男人那么坚决，对男人说："她确实经不起饿，像她哥。"

女孩子额头上冒出像水泡一样豆大的汗珠，嘴唇干裂，身子站立不稳，拉着她母亲的手依然摇摇欲坠。她母亲把她提着往外走。

眼看他们就要消失在我们的眼前，母亲突然叫了一声："你们等一会儿吧。"

他们犹豫着停住了，回头朝我们这边看过来。

母亲说："我给你们做点吃的。"

说着，母亲便进了厨房。

我愣住了。村里从没有过留乞丐吃饭的先例，都是能施舍就施舍一点，不能给点什么就好言解释清楚让人家走，从不会让他们留下来吃饭。因为谁家都吃不饱，谁家也没有多余的粮食，谁家都难以承受增加一张嘴吃饭的负担。正常的情况下，他们也不会死皮赖脸地纠缠不休，都识趣地无奈地离开。他们也是有底线有操守的人。但也不排除遇到个别死缠烂打的乞讨者：

"请你们从牙缝里抠一点给我们吧。"

"你们不至于让我们到你家白跑一趟嘛。"

…………

虽然语气带着乞求，但还是引起村里有人的反感甚至愤愤不平："我们饿得差不多也要去讨饭了，跟你们素不相识，不沾亲带故，凭什么帮你们？帮得了那么多吗？"在我们这里，过分的热情从来都让人觉得不值得。

我还来不及让母亲改变主意，他们重新回到院子里来，站在门外对厨房里的母亲说了一通客气的话。母亲说："你们随便坐着等等，一会儿就好。"于是他们在墙角的板凳上坐了下来，身子一下子靠到墙上去。女人瞧了瞧我，友善地笑了笑。男人也是，但笑起来时皱纹把他的脸做成了鸟巢。女孩坐在她父母中间，偷偷地看了我一眼,神情羞涩,还有些"敌意"。我甩给他们一个不好看的脸色,气呼呼地走进厨房。

母亲竟然在煮面条!天啊,那么好的挂面,白花花的,那是上个月舅舅送给母亲的生日礼物。那是外婆嘱舅舅送的,面条本来是二姨送给外婆的长寿面,外婆舍不得吃。母亲也舍不得吃,准备是过年全家一起分享的。现在,母亲竟然拿出来煮给素不相识的乞丐吃!我要制止,母亲粗鲁地把我的手推开:"你看那女娃饿成那样……"

我不管,母亲完全可以给他们煮一些稀粥或粗粮填填肚子。

"面条熟得快,煮粥来不及。"母亲解释道。

我要阻止已经来不及了。母亲已经将面条撒进了锅里。

面条很快便煮好了。母亲麻利地盛了一碗,先是给女孩。女孩推给她的母亲,最后还是女孩端起碗吃了。很快,女人和男人的手里也都有了装满面条的碗。他们吃相不好看,狼吞虎咽。手里的碗空了,女孩子把碗放在长凳上,对她的母亲说:"饱了,走吧。"她母亲说:"好的,先谢谢主人家。"女孩对着我露出了一个感激的笑容,算是谢过。女人对母亲千恩万谢。男人端着空碗,站起来往厨房里瞧了瞧,对母亲说:"我还想喝点面汤。"

锅里剩下的面条不多了,是留给我们自己的。我都快馋死了,早想端起锅一口气把剩下的面条和面汤都装进肚子里。我已经一年没吃过这么好的面条。

母亲明白男人远没有吃饱。这日子谁能吃饱呢？尤其是面条，能尝上半碗可抵三天了。

母亲还是给男人加了一碗面汤。汤里有几根面。他仰起脖子一口倒进嘴里。

"你让我们又活了过来。大恩不言谢了！"男人用手擦了擦嘴说。

他们离开了我家。我赶紧用筷子捞锅里的面条。可是捞完了，也不够半碗，我委屈得一屁股坐在地上号啕大哭。母亲不断安慰我，承诺过年时一定让我吃上同样好的面条，而且保证让我吃撑，我才止住了哭，但整个下午我都快快不乐，仿佛家里丢失了最值钱的东西。

到了傍晚，天快黑了，寒风也更凛冽了，还下起了毛毛雨。我在打扫院子里的落叶。母亲在做饭，惯常的地瓜粥。这个时候，他们夫妇又出现在我家的院子里，只是不见那个女孩。我和母亲都以为他们又来蹭饭。按道理，他们应该离开我们的村子到其他地方去了，这个下午有足够的时间赶到另一个村子，但他们为什么还不走呢？

"一起来的老乡，他们已经到下一个地方去了。但是我们走不了。我们想借你家的猪圈住一宿。"男人说，"实在找不到更合适的地方了。"

天哪，我今天刚把猪圈修理好，就被他们盯上了。

"只住一宿，明天就离开。"男人说。女人附和着解释说："我们孩子又犯病了。"

母亲"哦"了一声，没有多想便答应了："好，猪圈很久不养猪了，蛮干净的。"

"是的，关键是窗户堵得严实，不漏风，暖和。"女人满意地说。

"要不，你们住我家里吧，我家还有一两间房子，有床。"母亲说。

我不断地向母亲使眼色，她装作没看到。

"不了，千万不能。我们已经很过分了。"男人说。

"孩子病得咋样？不要紧吧？午后还好好的呀。"母亲问。

女人说："怎么说呢，他爸。"女人似乎怕说错了话，看了一眼男人。

男人说："不要紧。很快就会好。"

母亲说："村里还是有医生的。"

男人说："知道的。不要紧，睡一觉就好。"

母亲不再说什么。他们又千恩万谢地走了。

火上浇油。母亲看得出我的内心。她赞扬我说："你看，经你维修过的猪圈马上就派上用场了。你的劳动是值得的。"

经母亲这样一说，我心里好像舒服了一些。

晚饭后，我还是不放心，决定去看一下猪圈。

猪圈离我家院子还有一段距离,要绕过几间别人家的房子,经过大晒坪,爬上一个山坡。村里的猪圈很多,家家户户都有,但都比不上我家的稳固、干净,关键是密不透风。借着夜色,我悄悄地躲到一棵柞果树后,远远地看着我家的猪圈。他们肯定就住在里面。他们是不是好人?是不是伪装的特务?会不会半夜里一把火烧了猪圈,烧了村里的许多房子,然后逃之夭夭?

猪圈的门虚掩着,它本来就没有锁头。我瞧了好一会儿,却没看到猪圈里有任何动静,也没有火光。我走到猪圈门外,侧耳倾听,终于听到里面有人说话。是女人的声音。她小声而疲倦地安慰着女孩:

"快好了,快好了……"

男人偶尔发出一声低沉的咳嗽。

我正专心聆听着呢,突然被人拍了拍肩膀,回头一看,原来是母亲。她一手提着还没有点着的马灯,另一只手抱着一床旧棉被:"我估计你就会来这里。"我闪开。她敲门了。我矫捷地躲在她的身后。

男人出门,看到母亲,赶紧客气一番。

母亲说:"天太冷,太黑,我给你们增加一床棉被,还有马灯。将就过一宿吧。"

男人觉得很难为情,坚辞不受。母亲请他一定收下棉被和马灯,明天离开时搁在这里就行。母亲把棉被塞到男人的手里,男人还不肯接。女人也出来,接下来了,对母亲又是千恩万谢。

母亲进了猪圈,给马灯点上,一下子给黑暗带来了光亮。他们在地上铺上树枝、干草和枯芭蕉叶,还有一床薄棉被。棉被很破了。女孩躺在被子里,脸朝着里面,不肯翻转过来看我们。

母亲提着马灯凑近女孩,伸手触摸一下她的额头,却像触电一样缩了回来。

"孩子发烫了啊!"母亲对他们说。

男人说:"熬一宿便好。经常是这样。贱命一条,不用担心。"

母亲提高了嗓音:"怎么能这样?那么好的一个孩子!"

女人的脸上突然有了泪水,哽咽着说:"她也够折腾的。一路上,贱命都快丢了几次了。"

母亲说:"我帮你找医生。耽搁不得。"

男人拦住了母亲,说:"在路上找过医生了。她不是普通的感冒发烧……反复。她得的是一种怪病,要到大医院才能治——也未必能治得好。"

母亲一下子蔫了:"不是普通的发烧啊。"

女人说:"我们也想过很多办法了的。不是为了她,我们也不至于讨饭至此。"

女孩呻吟了一声,转过身来,抬眼看了一下我母亲,眼里泪水汪汪的。我看着女孩苍白的脸,轻声地问一声母亲:"她快死了吗?"

母亲瞪了我一眼，对他们说："这样不行的，你们把孩子交给我！"

不待他们答应，母亲掀开被子，一把将女孩抱着让她坐起来，然后背对着她，蹲下来，让她轻易便能伏到背上："这里条件太差，让她到我家里去。我来照顾她！"

男人和女人面面相觑。

母亲说："人命关天，你们不同意也得同意。"

男人支吾着，女人哈着腰对母亲说："太麻烦你了。"

女孩犹豫着看着她的父母，不知所措。他们默许了。女孩伏到母亲的背上，双手抱着母亲的脖子，脸贴在母亲的肩头。那应该是我才能做的模样。母亲背着女孩，我跟着，一起回家。身后，男人提着马灯和女人站在猪圈门口目送我们，一脸不舍得，寒风将他们的头发吹乱了。走远了，我回头再看，他俩还站在那里，女人正在低头将马灯调暗。

母亲将女孩放在平时我和母亲睡的床上，盖上被子，还吆喝着令我张罗炭火盘："赶紧，手脚麻利一点。"

我手忙脚乱地准备着炭火盘。母亲一步也不离开女孩，在房间里不断地催促着我。当我把炭火盘端到她的跟前时，她看着我的脸笑了。她让我去洗一把脸，我的脸上被火炭弄黑了。

母亲让我坐在床前盯着女孩。她要去煮稀饭，还要弄药。

"你害怕她逃跑吗？"我嘀咕着说。

母亲说:"不是,有人在她旁边,她就不会害怕了。"

女孩偶尔睁开眼睛,有气无力地看我一眼便又睡去。趁她闭着眼睛,我盯着她看了好一会儿。她真的很漂亮,脸蛋长得多好看,还有眼睛和鼻子,甚至耳朵,看起来都那么标致。怪不得母亲喜欢她。

我正在胡思乱想时,突然被一只手抓住。是女孩的手,冰凉冰凉的。

"我饿了。"她睁开眼睛,看着我说,"我没病,是饿……"

我不知所措,挣脱她的手,到厨房找母亲。她正在煮粥,同时也在用小瓦锅煎药。我闻到了草药的气味。

母亲回到房间,抚摸着女孩的头说:"粥马上就好,不要害怕……"然后,她又奔忙于房间和厨房之间。

女孩确实是饿了。母亲一勺一勺地给她喂粥。香喷喷的白米粥,我看着直咽口水,母亲装作没看见。

我又张罗着帮母亲给女孩喂药,还从鸡窝里取来一个鸡蛋——母鸡正在孵蛋,它冲我怒叫,还狠狠地啄了一下我的手。母亲翻滚着煮熟的热鸡蛋给女孩敷额头,还从箱底里取出一根许久不使用的银针……

还没有等母亲忙完,我已经在床的另一头睡着了。

第二天一早醒来,我发现床空荡荡的。院子里也没有人。我喊了几声"妈",没人回应。我跑到猪圈时,发现母亲和女孩都在那里，但那男人和女人不见了。猪圈里收拾得井井有条，棉被和马灯安放得妥妥的。母亲怔在那里，女孩双手擦着眼泪。

我从母亲手里接过一张纸条。上面的字歪歪扭扭的，很纤细，应该是女人写的。

"大姐好：你是好人，咱们把女儿留下，给你做女儿也好，儿媳也好，既是缘分，也是报答。"

他们竟然丢下女儿不辞而别。

"他们回驻马店去了。"女孩呜呜地哭着说，伤心而失落，"我爸说我的病治不好的，是一个累赘。他们不要我了。"

母亲让我提马灯，她左手夹着棉被，右手拉着女孩的手，说："我们回家吧。"

女孩高烧退了，成了我家的一员。刚开始那三四天，她很羞涩和拘谨，不愿意跟我单独待在一起，总是粘着母亲。村里的人来我家看她，免不了心生妒忌："早知道这样，我也对讨饭的好一点。"这些年，他们对讨饭的人越来越反感，越来越抵触，甚至有些恶意的刁难。他们也没有错，连自家的人都吃了上顿没下顿，饿得面黄肌瘦的，凭什么周济离自己十万八千里远的陌生人呢？也有人对我家增加了一个陌生人感到不解。

"无端增加了一张嘴吃饭，不一定划算。何况还是一个病娃娃。"有人暗带讥讽地说。

母亲说："多一个娃吃饭，大概还不至于饿死人……"

但她们还是真诚祝贺母亲白白捡了一个女儿。母亲高兴地说："说不准是捡了一个儿媳妇。"她们又拿我开玩笑，说我是一个小丈夫了。我脸上发烫，赶紧否认："我才不稀罕呢。"院子充满了爽快的笑声。

母亲每天都给女孩弄好吃的。女孩享有小灶的待遇，白米粥，南瓜粥，甚至有海鲜的味道。那是父亲最珍贵的海蛎干，海南的战友送给他的，一直藏在厨房墙头的最高处，去年祖父病逝前还惦记着什么时候才能吃上海蛎粥。母亲取了几颗，给祖父煮了一碗稀粥。祖父喝完稀粥，当天半夜里便安祥地去世了。我还记得那股清香，夹带着淡淡的海腥味。母亲还将鸡窝里的鸡蛋一天取一个出来给女孩煮鸡蛋粥。鸡窝里的蛋越来越少，孵蛋的母鸡每天都从窝里跳出来对着母亲怒目而视。

女孩确实得了一种怪病，村医说无能为力。我很是担心。母亲却说："只是贫血，并非什么怪病，能治好的。"

母亲还用她瘦小的背，背着女孩到周边村落甚至越过省界到了高州寻医问药，每次都带回来一些莫名其妙的土方和见所未见的草药，让女孩把药喝下去。有一次，母亲背着女孩，顺便带上我，走了一天的路，到了高州的一个破庙，见了一个老和尚。和尚给了一剂像泥巴一样黑乌乌的药。我们还在庙里住了一宿。三个人，围着一个小土灶给女孩煎药。煎着煎着，我和女孩分别趴在母亲的腿上睡着了。

女孩的病大概是好多了。自从上次高烧退后，她再也没有发烧，脸色似乎也不那么苍白了，嘴唇有了血色，外出时不再需要趴在母亲的背上，她跑起来能追得上我了。我们玩得很融洽，还跟村里的孩子一起玩。她不仅学会了我们的游戏，还教会我们玩驻马店的游戏。她不是一个特别害羞胆小的孩子，玩起来也很疯，笑得也很灿烂，看不出来她是外省人。似乎，她也不把自己当外人了。人家跟她开玩笑，说她是我家的童养媳，她竟然也不抗议，默认了。我倒要争辩甚至否认，因为这是多丢人的事情呀。她却对我说："妈都说是，就是了。"

大年夜的前几天，父亲回来了。看到家里吃饭时竟然莫名其妙地多了一个人，父亲铁青着脸问母亲："是谁家的孩子？我怎么没见过？"母亲有些害怕父亲，吞吞吐吐地说："过去是别人的孩子，现在是我们家的孩子。"父亲厉声地吼了母亲一下："什么情况，你说清楚！"母亲只好将事情的来龙去脉说了，父亲听完，脸色缓慢地变回常态，默默地放下碗筷，不吃了，摆了摆手，淡淡地说："既然如此，你得把人家养好了。"

母亲说："她比刚来的时候好多了。"

女孩叫母亲"妈"早已经叫得很自然很顺溜了，但她不称我"哥"。母亲教导过她，南方跟你们北方不一样，不能随便叫一个男的"哥"，将来你可能是我儿子的妻子，叫"哥"就算是兄妹了，他娶你就乱了伦理，所以不能叫他"哥"。她明白了，称我的小名，我则叫她"驻马店"。她说:"我就喜欢你叫我'驻马店'。"母亲让女孩叫父亲"爸"。女孩迟疑了许久,羞答答地躲到母亲的怀里,仰头看着母亲,小声地叫了一声"爸"。但父亲不答应,不接受,板着脸。尽管如此,一向威严得有些过头的父亲脸上还是掠过了难得一见的喜色。

"驻马店"能察言观色。她发现父亲并不排斥她,便主动给他递烟筒,找火柴,还替母亲给父亲传话:

"妈说,家里里外外都收拾过了,该补的衣服也补了。"

"妈说,快过年了,粮食还凑合,家里有啥吃啥。"

"妈问,猪圈都闲置大半年了,过年后养不养猪?"

"妈问,你当过兵,见多识广,知道驻马店在哪里吗?"

…………

母亲是故意的,她要让父亲接受这个别人家的孩子。可是两三天过去了,父亲还是一脸严肃和忧心忡忡的样子,对"驻马店"的传话爱答不理,也不回答问题。"驻马店"很沮丧,躲在房间里生闷气。我去找她时,见她哭了。

"我想回家。我想我爹我娘了,还有奶奶。她们肯定在等着我回去吃饺子。"

是的,我想起来了,她说过,在驻马店,吃一顿饺子是过年天大的事情。假如没吃上饺子,相当于没过年。因此,他们哪怕砸锅卖铁也得让孩子们在大年夜吃上一顿饺子。

可是，我们这地方从没有过年吃饺子的习惯。而且，去哪弄面粉啊？哪有多余的钱买面粉啊？

"驻马店"性格有点倔，那天哭过后，她真的径直跑出院子，一声不吭往村前的路走去。我们都没有觉察。有人来告诉我们："你们家的驻马店女娃逃跑了。"

当我和母亲追上她时，她已经跑到离家很远的鸽子岭，翻过一个小山坳，就是省道。我跑在母亲的前面，把"驻马店"拦住。她一边抹眼泪，一边挣脱我的手。寒风把她的脸刮得通红。

"你拦我干什么？我身上没带走你家的一件东西。我身上穿的衣服也是我自己的。"她气呼呼地说。是的，她身上穿的正是她刚到我家时穿的红棉袄，是她父母买的。她身上没有一件衣物是母亲送给她的，连鞋也是原来的花布鞋，破得连脚趾头都包不住了。

母亲气喘吁吁得直不起腰，却一把搂住她哭，什么也没说。"驻马店"也不说话。她们在寒风中就这样站立着。我一屁股坐在路边。

父亲也追上来了。但他没有力气往前跑了，只是在山坳的下方，背靠着一堵泥堆，半蹲着，远远地可怜巴巴地看着我们，看起来他特别瘦小。

四周群山围绕，远方一片苍茫。我们显得十分孤独。

母亲俯下身子，将"驻马店"背到背上。"驻马店"像一块橡皮紧紧地贴在母亲身上，我紧跟在她们的身后，伸出双手，时刻防范"驻马店"从母亲身上滑落，甚至突然挣脱，再次逃跑。

我们从父亲身边经过的时候，父亲耷拉着脑袋，像一个彻头彻尾的失败者，我们走很远了，他仍蹲在那里，又像是一个不敢回家的孩子。

第二天便是大年三十。母亲给"驻马店"换了一身新衣裳，还有一双深蓝色的新布鞋。而我，一无所得。然而，我竟然没有觉得委屈，当我向"驻马店"展示从破鞋子露出来的右脚趾头时，她自豪地笑了。

这天一早，父亲一声不吭地离开家。母亲问他要去干吗，他理也不理我们。母亲以为父亲因为"驻马店"出走的事还在生气，去山里干活去了。直到晌午，父亲才提着一小袋东西回来。

原来，他去了镇上一趟，带回来三斤白面粉。"驻马店"看着面粉，眼睛放着亮光，兴奋得想喊起来，看到父亲依然一脸铁青，便克制住，转过身去用劲地摇母亲的手。

"好好给孩子做一顿饺子。"父亲丢下一句话便离开了院子。

我和母亲猜不出父亲究竟如何弄回来一袋面粉。如果是用钱买的，那要花掉他至少三个月的微薄工资。我家已经够拮据的了，去年办理祖父的简朴葬礼欠下的债还没有偿还，父亲怎么舍得花钱去买一袋高价面粉呢？

"驻马店"竟然是做饺子的一把好手。她的手艺真的很好，熟练，连母亲都没有她做得好。她说是奶奶手把手教会了她。她嫌我笨手笨脚，手把手地教我揪剂子，如何包，如何用力，既居高临下，又循循善诱，一本正经的样子，像极语文老师教我写字时的模样。我是不想学包饺子的，因为我们不兴吃饺子，况且饺子太奢侈了，也许一辈子吃不上几次。

"奶奶说的，男人也要学会包饺子。""驻马店"说，"否则是不允许娶婆娘的。"

切，我才不稀罕呢。父亲就不会做家务，更不会包饺子，但并不妨碍他成为一个出色的泥水匠。只是我担心自己成不了像父亲那样的泥水匠，还是耐着性子跟她学着包饺子。

"在驻马店老家，我和奶奶连续几年了没吃上一顿饺子。这几年就变成了很长很长的一年，比一辈子还要长。今天，我终于要过年了。""驻马店"叹息着说，"要是奶奶在这里多好啊。"

"驻马店"说着，眼里竟然注满了泪水，还溢出来掉到了面粉里，而她似乎浑然不觉。母亲察觉到了，用眼神示意我不要打扰她，让我到一边去。

大年夜过后，意想不到的事情让我和母亲都感到惊讶。父亲和"驻马店"的关系竟然迅速升温，并打得火热。父亲像换了一个人，凡是"驻马店"出现在他的面前，他都喜出望外地笑面相迎。"驻马店"似乎早已经不计前嫌，与父亲接受了彼此。父亲甚至让她坐在他的膝盖上，抱着她端坐了一下午。父亲竟然觉得她就是自己的女儿，相见恨晚，他们很快便形影不离，快把我和母亲晾到了一边。

"你们发现没有，'驻马店'给我们家带来了福气。"父亲对我们说。

我和母亲不知道，福气在哪里？

父亲说："你们看堂屋里，右边的墙上……"

我跑进去看，原来那里增添了一只燕巢！

以前燕子嫌弃我家，从来没在我家筑过巢。尽管我家的条件并不比别人差，堂屋一直干干净净的，门从没有关上过，屋檐也足够宽敞、稳固，视野也足够开阔，没有树和竹林的遮挡，适合燕子自由进出。可是不知何故，燕子总是避开我家，宁愿到别人的破屋子筑巢。是不是瞧不起我家？父亲为此很懊恼，甚至很自卑，以为自己人品不好，积德行善不够，还疑神疑鬼地找了许多荒唐的原因。这一次，燕子来我家筑巢了，新泥还是湿的，已经筑好了，半碗型。一只燕子超低空滑翔，熟练地飞进了堂屋，停在巢上。

父亲给我做了一个嘘的手势："别惊吓到燕子！"

我蹑手蹑脚地走出堂屋。父亲警告我们："从今往后，谁也不准随便进堂屋，即便不得不进去，也要蹑手蹑脚，屏声息气。谁都不准在我家高声喧哗，不准说粗话，也不准说不吉利的话……"

但是，有时候"驻马店"发出肆无忌惮的笑声时，父亲却没做任何制止,也没有不满。在父亲的世界里,她成了一个不受约束的特殊人物。

父亲开始变得"趾高气昂",逢人便说:"燕子在我家筑了巢,那是'驻马店'带来的福气。"别人也说:"是呀,这个女娃注定跟你家有缘,是不是前世就是你家的孩子呀……"对于别人所有的赞美,父亲都照单全收。有一天,他突发灵感,觉得"驻马店"不是一个人的名字,而且不好听,他决定把她的名字改为"来燕"。至于姓什么?父亲说:"待定。"

父亲带着我和来燕去河里划竹筏,捕鱼。可是,河水还很冻,鱼好像都藏起来了,我们几乎一无所获,但父亲和来燕依然很高兴。父亲新制作了一张网,带着我们去深山里捕鸟。可是父亲拙劣的捕鸟术根本不是鸟的对手,鸟在玩他,把他搞得狼狈不堪,洋相百出。结果鸟没捕到一只,他的裤子倒被荆棘划破了几处,脸上还被草和树枝刮得伤痕累累。可是,我们很开心。来燕的身体看起来结实了不少,她能帮父亲干很多活,比如她居然能凭一己之力撑起巨大的捕鸟网,翻山越岭地追着刚学会飞翔的雏鸟,把鸟累得半死,她竟然若无其事。父亲赞扬她是"一只灵敏的小猎狗"。

然而,好景不长。正月快过完了,有一天晚上,父亲突然召集我们开家庭会议,就在厨房里,半掩着门,烧着木柴取暖。上一次家庭会议还是八年前,那年我刚出生,是祖父主持召开的。

据母亲回忆，那次会议的主要内容是祖父把家交给父亲，从此以后，他就不管家了。那时，父亲不知所措，像个孩子一样对未来的一切六神无主。母亲还吐槽说，父亲至今仍不会持家，所以只好由她暂时管着。

这次父亲突然召开家庭会议，果然内容异常重要且出乎意料。

会议的主题只有一个。父亲说，决定把来燕还给她的父母。

父亲的这个决定让我们三人大吃一惊。父亲是不是一时神经错乱呀？我心里肯定不同意，我已经把她当成了家人，至少她能帮着干活了。母亲没有争辩，只是猛地站了起来，拉着来燕，摔门而去。我第一次看到母亲在父亲面前发怒，而且如此激烈，我感觉到房子都快要着火了。

尴尬的父亲继续开会，听众只剩下我一个了。

"我们要为她的父母想想。人家生养的孩子……每天夜里，我做梦都能感觉得到他们越过千山万水……来到这里，在我家的院子通宵达旦地徘徊，离开之前，他们悄悄将脚印擦掉，免得我们发现……我们要积德，要行善，要替别人着想，否则明年的燕子不会再来我们家。"父亲说。

灶里的木柴烧得正旺。他低着头滔滔不绝，像是自言自语。母亲说过了，父亲还没有学会管家持家。看来，这个家里的事还轮不到他说了算。我以为母亲会和父亲大吵一场，坚决不妥协。

然而，三天后，父亲和母亲的意见竟然达成一致。父亲要亲自将来燕送回驻马店,而且即日启程。

我永远忘不了来燕离开我家的那天,以及她扑在母亲怀里哭哭啼啼、依依不舍的样子。村里的人都来围观,也是送行。来燕擦着眼泪走到我的跟前,很认真地对我说了最后一句话:"等我长大,我一定回来嫁给你!"

母亲清楚地听到这句话,脸上露出欣慰之色。其实,来燕不知道跟她承诺过多少遍了。

来燕跟着父亲,离开了米庄,走在前往驻马店的路上。

那天,春光明媚,百花飘香。我家的燕子特别勤奋,不断穿梭于我家和天空之间。父亲告诉过我了,它们的巢里有了五个小蛋。很快,我们家将一下新增五个孩子,到那时候,我们家将热热闹闹,像是大户人家。

春去春来,许多年过去了。虽然每年都有燕子降临我家筑巢生儿育女,但再也没有来燕的音讯。开始的时候,母亲经常叨唠着她,仿佛越是叨唠,来燕就越可能突然回来一样。再后来,母亲经常患病,脑子好像不再那么清醒,容易忘事,再也不提及来燕了,但我家延续了大年夜吃饺子的习惯。我学会了包饺子,而且包得很不错。只有到了吃饺子的时候,母亲才幡然想起来燕,叨唠着来燕的名字,这让父亲有点烦心,但父亲并没有斥责母亲,只是叹息一声,放下碗筷默默离开。

父亲没有忘记来燕。送走来燕后那几年,他经常安慰母亲说:

"你看看，把来燕还给她的父母后，我们家一切都好起来了，种什么得什么，养什么活什么，干什么事情都顺顺利利的。你说为什么呀？因为我们做了一件大善事，积德了，福报来了。"

我没有忘记来燕跟我说的最后那句话，但我早把它理解成"童言"，不再当真。兴许她早忘记了，或者已经悔言。果然如父亲所言，我干活得心应手，事业顺风顺水，已经成为一名出色的泥水匠，经常奔走于周边各地，修建一幢幢挺拔的房子，一座座坚固的桥梁，一条条宽畅的道路，也养家了。我家的猪圈有些破旧，我亲自拆旧建新，崭新的砖瓦，砌得结结实实，墙粉刷得很得体，还安装了透明的玻璃窗户，关上窗户便密不透风，完全看不出是猪圈。俗话说，家不养猪不兴旺。按照母亲的愿望，我家一直养猪，而且猪圈里总是有且只有三头猪。有一年，买回来的三头小猪中有一头比较瘦小，弱不禁风，母亲觉得它可怜，特别关照它，疼爱它，单独给它开了一个小灶，给它安了一个小窝，还对它嘘寒问暖的，照顾得特别周到。我在一旁问她："妈，你是不是觉得它像来燕呀？"

母亲迟疑了一会儿，突然转过身去哭了，嗔怒，责怪我："你怎么提起她来了？多少年前的事了啊，你还提！"

父亲和母亲都不年轻了，而且父亲积劳成疾，跟母亲一样无法干更多的活。他们想把这个家交到我的手上，但又觉得仅靠我一个人不足以撑起一个家来，于是他们托媒人给我物色了一个好姑娘。

这是邻镇的一个姑娘,长得很标致,五官、性情、智商、品格都无可挑剔,比我小两岁,很容易让人想到来燕。我对她很满意。那年,我二十二岁,决定结婚了。

结婚的日子选在了中秋节的第二天。婚礼就在我家里举行。村里的人和亲朋好友都来了,热闹得很。新娘回来的下午,鞭炮齐鸣,锣鼓喧天,喜庆的气氛达到了高潮。客人们熙熙攘攘,来回穿梭,我也忙得晕头转向,没有谁察觉到人群里多出了一张陌生的面孔,大家都以为那只是应邀来参加婚宴的一个客人,直到母亲回头多看了她一眼才认了出来。

一个长得端端正正、亭亭玉立的大姑娘,穿着黑色长裤和白色衬衣,头发披肩,整齐笔直,关键是那红润洁白的脸蛋闪闪发亮,在她们当中简直是鹤立鸡群。后来有人告诉我,其实她一大早就出现在我家对面的菠萝蜜树下,一个人默默地站在那里,朝着我家这边眺望,阴冷着脸,不愿意跟人说话。她们只是把她当作一个有点奇怪的客人。

母亲突然惊叫了一声:"来燕!"

声音里夹着哭喊。母亲手足无措,也许她意识到了自己的脑子不是很清醒,慌张地胡乱抓身边的任何人,似乎是想让她们帮她证实自己的判断。

是的,没错,她就是来燕。我也认出来了。真漂亮。

母亲走到我身旁，我告诉她没认错人。母亲激动得浑身颤抖，身子快要蔫下去，我一把扶住她。

所有的人都惊呆了，尽管她们也一时弄不清楚到底发生了什么事情。包括新娘，也从没听说过来燕。连鞭炮声、锣鼓声都瞬间凝固在空气里。

她们自觉地让出了一条道，来燕慢步走到母亲的跟前。母亲像害羞的孩子一样步步退缩，躲闪到我的身后，紧紧地抓住我的胳膊，不敢贸然上前跟来燕说话。父亲远在偏房的屋檐下张罗着什么，不明白眼前的一切，怔怔地等待着有人向他解释到底发生了什么。

来燕看着母亲，眼里噙着泪水，犹豫着如何跟母亲开口。但母亲似乎还没有做好跟来燕说话的准备，突然掩面转身逃了，往屋后跑。来燕略显尴尬，湿漉漉的目光转移到我的身上，还抬手抚摸了一下我胸前的婚庆礼花，替我掸去西装上的鞭炮残屑。

她们围了过来，院子里挤满了人。此刻，我们家真像是大户人家了。

新娘取代母亲的位置，站在我的身旁，挽着我的胳膊，好奇而和善地看着来燕。

众目睽睽之下，来燕并没有怯场，对着我大大方方地叫了一声："哥。"

单筒望远镜

SHI YANG ZHEN DE HAI

弟弟要吃肉。

弟弟喜欢把用来找肉的单筒望远镜挂在瘦骨嶙峋的胸膛上。那是祖父从南洋带回来的西洋玩意，是他在苏门答腊打捞沉船时得到的报酬，也是留给我们的遗产。望远镜青铜外壳，锈迹斑斑，阴寒峻冷，充满鬼魅之气，我们都视它为不祥之物。因为自祖父回来后，我家的日子比任何时候都更饥饿，更窘迫。祖父早已经死了，但那根单筒望远镜像阴魂附体一样昼夜和弟弟在一起，成了弟弟的第三只眼睛。这是一只明亮的眼睛，弟弟用它寻找肉食，谁的嘴里啃着肉，或手上提着肉，无论多远它都能看得见。看见了，弟弟便去央求别人给他一点肉吃，哪怕让他凑近闻一下肉味也成。

弟弟太喜欢吃肉了。他说他一口气能吃掉十斤肉。弟弟吃肉的时候目中无人、肆无忌惮，霸道得像一个皇帝。皇帝便是天天能吃上肉的人。但弟弟不是真正的皇帝，他好久没有吃上肉了。不吃肉的弟弟便像岩石上的鱼，要活不下去。十一岁生日那天，母亲突然发现弟弟跟八岁生日时的身高差不多，面黄肌瘦的，细小的手脚像安装在他身上的四支单筒望远镜。我们知道弟弟停止生长的原因是吃不上肉。那时，不仅我们家，米庄所有的人都难闻肉味，连吃饭都成问题，谁还想着吃肉啊！米庄还算好的，有传闻说邻县都人吃人了。但弟弟不相信别人不吃肉，整天拿着望远镜在村里瞧来瞧去，连别人的牙缝也不放过，但看到的都不是肉，只是野菜或树叶。弟弟说，肉都到哪里去了呢？弟弟怀疑单筒望远镜背叛了他，但用它却能看到云端上苍鹰嘴里的肉团。肉在天上。弟弟闻不到天上的肉味，他还得在地上到处找肉，但望远镜里没有肉。吃不上肉的弟弟变得越来越枯瘦，像一根树上的藤。我们不能眼睁睁地看着弟弟变成侏儒，想方设法找些肉。父亲扛沙枪上山找肉，但队长警告他，只能打麻雀，不能杀山鸡，结果麻雀没打中，还摔断了一根肋骨。我到米河里撒网，只是捕到了几条黑溜溜的水蛭。母亲也是束手无策，恨不得把自己身上的肉剐下来烹给弟弟吃。

吃不上肉的弟弟爬上高高的桉树，往高州城望去。在树尖上，弟弟迎风飘荡，摇摇欲坠，像一只飞不起来的雏鹰。弟弟在树上说，我看到了很多的肉，一堆堆的肉，像奶一般鲜嫩，连肉味都能闻到了。我不信，用他的望远镜眺望，但只看到层层叠叠的山峰和苍茫无边的树木。乌鸦岭耸入云霄的山顶上还有一座像四方鼎的城堡，比任何时候都看得清楚，甚至连残墙断壁的葫芦藤都能看到。这座年代久远的城堡,是当时村民躲避山匪和战乱的避难所,云遮雾罩的时候像天庭里的一座圣城,神秘而巍峨。弟弟争辩说,那不是城堡,而是一只锅,有很多的肉,明明都装在锅里。但这是一只悬在云端上的锅,遥远,虚渺。弟弟说,我要吃锅里的肉。我在树下叫了一声弟弟。弟弟不理我,他说他正在吃肉。弟弟的嘴里便响起吧唧吧唧的声音,好像他真的吃到肉了。

弟弟天天躲在树上吃肉,不肯下来。母亲命我夺取弟弟的望远镜,也就是不让他看着城堡吃肉了。我爬上树去,要抢弟弟的望远镜。弟弟愤激地挣扎,你们不让我吃肉,我要死了,我要跳下去。我不敢再和他争抢望远镜,我怕他真的从树上摔下来。

弟弟又把单筒望远镜举在眼前,一会儿右眼,一会儿左眼,他要让两只眼睛都能看到肉。他的嘴巴仍旧吧唧吧唧地响。他吃肉的样子越来越如狼似虎,声音更加响亮。米庄的人从树下经过,弟弟的口水从树上跑下来,弄湿了他们的头发。他们问弟弟在吃什么,弟弟说,在吃肉呀,你们听不出来我正在吃肉?他们说,你是在吃自己的肉吧。实际上,弟弟是在偷偷地啃鲜嫩的树叶,他的口水把别人的头发染成了绿色。树叶不是肉片。弟弟瘦得只剩下骨头了,像一副挂在树上的骷髅,嘴巴里不发出声音的时候,我以为他死了,但他的嘴里又发出了吃肉的声音——他还活着,只是声音逐渐衰弱下去。我想,弟弟可能是快要死了。

但令人吃惊的是,有一天,弟弟突然提着一块肉回家,不仅差点把母亲吓死,而且让整个米庄都陷于惶恐。

那天上午,弟弟从树上下来,抖抖望远镜,说,我看见有人送肉来了。到了中午,果然有一辆花团锦簇的征兵宣传车开到米庄。弟弟走近宣传车,用望远镜往车里瞧,左看右看,但没有肉。宣传车上的人说,当了兵才能吃肉。弟弟要当兵。弟弟说,我能看得很远。但别人告诉他,部队里不需要只能吃肉不能打仗的人。弟弟和宣传车上的人争吵起来,结果他的单筒望远镜差点要被没收——那是军队用的玩意儿,小孩用来干什么,好在军队早不用这种破烂,但弟弟还是被人用他的望远镜敲击了好几下他的头。弟弟的头像木壳一样发出咚咚的声音,弟弟说,那代表着我的头要吃肉了。宣传车上坐着一个肥头大耳的人,弟弟想,如果车上没有肉肯定养不肥这个人。弟弟不相信宣传车上没有肉。他又拿起望远镜,远远地小心翼翼地跟随着宣传车,盯着车上那些人,看他们到底把肉藏到哪里去了。结果他一直跟到了高州城,到了黄昏也不见回来。

这天米庄到高州城赶集的人很多,他们早已经回来,唯独不见弟弟。母亲比找不到肉更为焦虑,坐立不安,慌张地向赶集的人逐一打听。得到的信息是,都曾看见过弟弟,弟弟拿着望远镜在高州城东张西望,看到很多人的牙缝里都夹着肉屑,弟弟用望远镜敲打别人的嘴巴,结果被人揍了,还差点被肉行的屠夫剁了手。最后看到弟弟的人是阙洪,看到他的时候太阳还未落山,那时弟弟已经回到乌鸦岭,正沿着羊肠山道回来。按道理,弟弟早应该到家了。但事实上,月亮都出来了,弟弟还不见踪影。父亲忍耐住肋骨折断的疼痛,从床上爬起来,借来一支手电筒,正要沿路去找弟弟的时候,弟弟却兴致勃勃地回来了,单筒望远镜在他的胸前晃荡,关键是手里提着一块肉。弟弟平安回家,我们本来应该如释重负,转愁为喜,吃饭睡觉,但情况并非如此。

问题出在那块肉上。

母亲对那块肉表现出强烈的震惊和慌恐。

这是一块猪肉,两斤有余,几乎看不到瘦肉。今天有那么多的人去高州赶集,除了看了一场河南人的马戏表演,听到了几条口径不一的传言,便空着肚皮赶十几公里的山路回来了,手里都没有提着肉,弟弟却提着肉回来了。

弟弟说,这块肉是一个年轻漂亮的女人送给他的。造孽啊,她又出来害人了。母亲插话说。

在经过乌鸦岭的时候,弟弟仰起头,举起单筒望远镜往乌鸦岭上眺望,结果一团一团的肉堵满了望远镜,嫩乎乎的肉,流着油。但一放下望远镜,肉又不见了,像突然被谁吃掉了一样。弟弟终于明白,肉全都在山顶的城堡上。弟弟决定去一趟城堡。弟弟真勇敢,没有谁敢在黄昏去城堡的,多年前一个女人在城堡上服药自杀死了。好多年来,没有人到过城堡。因为到过城堡的人都说,城堡上真的没有什么东西,除了灌木和杂草。弟弟却相信那里装满了肉,他在望远镜里看到了。肉在等着他。在昏鸦的啼叫中,弟弟穿过茂密的橡胶林,爬过险要的岩石,越过成片成片的荆棘林,离山脚越来越远。远处的山腰上孤零零的藏着几间茅屋,弟弟想,茅屋是藏不住肉的,只有城堡上才能藏很多的肉。但弟弟还没到城堡,便在半路上遇到了一个穿白色衣服的女人。那女人用修长的右手拦挡住弟弟的去路。那女人也许是农场的职工,也许不是。

那女人说,你要去哪里?

那女人上身穿一件白色的衬衣,的确良那种布料,头发长长的飘散在肩上。弟弟没见过比得上她漂亮的女人,因此他不懂得拿村里的谁和她比较。这样漂亮的女人有资格像大队支书的老婆那样粗暴,但出乎意料的是,那女人说话并不凶恶,始终面带微笑,恬静而温柔,比母亲温柔一千倍,所以弟弟并不感到有什么可怕的,如果不是找肉,他愿意跟这样的女人说上一天的话。

弟弟说,我要到城堡上去。

那女人说,你去城堡干吗?天黑了,蛇、獾和狐狸都要出来了。

弟弟说,我不怕,我要找肉,城堡上有很多很多的肉。

那女人说,城堡上没有肉,除了草和灌木什么也没有,怎么会有肉呢？

弟弟说，我已经看见肉了。

那女人爽朗地笑了两声，提着一块东西在弟弟眼前晃了晃，你看到的是这块肉吧？

弟弟这才发现她同样修长的左手提着一块肉。弟弟一阵惊喜，拿起望远镜对着那块肉，肉顿时塞满了他的眼睛。弟弟说，真的是一块肉，你哪来的一块肉？

那女人说，看得出来，你好久没吃过肉了。

弟弟说，我从来没吃过肉，我母亲说，再吃不上肉我便要死了。

弟弟说话运用了夸张的手法。

那我把这块肉送给你。那女人说，你不要爬到城堡上了，那里真的什么也没有。

弟弟从女人的手里拿过肉，一转身便跑着下山回家。他跑得好快，像狐狸一样。因为他害怕那女人改变主意。跑了好久，弟弟才回头，看那女人是否因为后悔追着他要回她的肉。但身后一个人也没有。弟弟还不放心，边跑边举起望远镜往回眺望，但除了漆黑一团什么也没有，连树木也没有，甚至听不到鸟叫，弟弟定睛一看，原来已经回到米庄了。

弟弟把肉高高地提到母亲面前等待她的惊喜时，母亲却脸色大变，倒退了几步，嘴里发出啊呀啊呀的惨叫，好像弟弟手中提的不是一块肉,而是一颗人头。

母亲啊呀了几声才说出话来。

"快扔掉!你,你也遇上鬼了!"

弟弟莫名其妙,满脸惊讶,母亲看不见肉了,肉在弟弟的背后。母亲抓住弟弟抢他身后的肉。弟弟拼命护着手中的肉。母亲勃然大怒,与弟弟争抢肉,结果只抢下了弟弟的望远镜。

"我要摔碎它。"母亲威胁道,"除非把肉交给我。"

摔烂望远镜以后永远也找不到肉了。弟弟说,本来我就是要把你交给你的,你要放到锅里去,我要吃肉。

母亲稍稍镇静地说,把肉给我,我弄给你吃。

弟弟迟疑了一会,把肉交给母亲。母亲却猛地把肉扔到地上,狠狠地往肉上吐口水,嘴里吐不出口水后,便用脚猛踩。肉被踩得沾满了泥沙,地面上湿漉漉的,不是水,是油。母亲的脚也沾满了油,她不断地往沙里磋。

弟弟要阻止母亲的疯狂。母亲一把推倒弟弟:"这是鬼肉!你把鬼肉带回来了!"

弟弟争辩说,不是鬼肉。世界上没有鬼肉。

母亲要弟弟赶紧脱掉裤子,往肉上撒尿。弟弟不愿撒尿。母亲要从房间的尿桶里舀尿。尿能镇邪,越臭的尿越能镇邪。弟弟乘机要去抢母亲脚下的肉。母亲动作更快,拿起肉往围墙外一扔。肉不见了。芭蕉地里传来一声闷响。我家的地坪上突然出现了很多的人。因为听说弟弟带回来了一块鬼肉。

弟弟往芭蕉地里跑。母亲脸色惨白,喘着粗气,对众人说,鬼怎么会缠上我的儿子呢?

众人也神色凝重,低声地议论。

母亲从房间里舀一勺子的尿,经过地坪往芭蕉地的时候,臭气熏天的尿液把人们给熏昏了,他们疯狂地吐口水,似乎要把舌头都吐掉。

弟弟刚找到掉在树根下的肉,母亲随后便到了。弟弟来不及把肉揣进怀里,尿液已经泼到了他抓肉的手上。弟弟依旧死死抓住那块被尿液覆盖了的肉。母亲吆喝着要夺弟弟手中的肉。

"扔给狗吃!"母亲命令说。

弟弟不允。母子在芭蕉里为一块猪肉惨烈地你争我夺,当我们撑煤油灯赶到,母亲已经把弟弟按在地上,弟弟却把肉压在身下。母亲要将弟弟翻转过来,但弟弟双手抓住芭蕉树的根,母亲把弟弟的衣服都扯破、肩膀都抓伤了,竟无法将只有四十多斤体重的弟弟翻转。弟弟正在号哭。号哭大大增加了他的重量。

有人劝母亲,算了吧,也许不是鬼肉。

母亲说,不是鬼肉是什么!除了鬼,天底下还有什么好心人!

有人说,如果是鬼肉,现在也应该显恶了。

母亲突然放开弟弟,站起来,想了想,叫弟弟也站起来。弟弟站起来，肉粘在他的肚皮上，散发着恶臭。尿液的臭。

母亲对弟弟说，让我看看你的眼睛。

弟弟让母亲看了看眼睛。除了由于长期用望远镜眼眶有些暗痕外，弟弟的眼睛没有什么特别，清秀得很，通过眼睛能看到他的肺腑。

母亲说，好在鬼还没对你下毒手，如果像阙东东那样快，你便挨不过明早了。

阙东东是阙洪的第四个儿子，传说三年前，他也经历跟弟弟几乎如出一辙的事件。从高州城回来经过乌鸦岭的时候，偶遇了一个年轻漂亮的女人，穿着打扮像城里人。与弟弟不同的是，是阙东东手中提着一块肉，那个女人向他要肉。阙东东那时已经二十岁啦，想要女人啦，便把肉给了那女人，以为那女人很快便要跟随他到米庄成为他的老婆了。结果，阙东东第二天竟双眼流血，暴病而死，第三天，村里有人看到乌鸦岭的一处新坟前摆放着一块肉，大小正好跟阙东东的那块肉一样。据考证，那坟里埋葬的正是那个被侮辱而在城堡上自杀的女人。

现在那女人缠上我的儿子。母亲说，她让我儿子把猪肉带回来还给米庄了。

弟弟抱着肉，警惕地看着母亲和身边的每一个人。阙洪的女人匆匆赶来，有人告诉她，阙东东当年的那块肉就在我弟弟手里。阙洪的女人顿时倒地失声痛哭，忽而唱起了哭丧歌，凄惨得像刚死了儿子。有人提醒，赶紧叫唐大梆。

唐大梆是巫师。

阙洪的女人哭累唱累了，便求弟弟，把肉还给她，肉本来就是她家的，她得把肉放在阙东东的坟头，让他也吃上一顿肉——当年他都大半年没吃肉，眼看能吃上肉了，竟让一个女鬼骗，冤死了。

弟弟说，这块不是阙东东的肉，我不给，我要吃肉。

阙洪的女人向我母亲哀求，但母亲也毫无办法，只有等唐大梆来。

唐大梆自己一个人来不了，是阙洪背他来的。阙东东遇上鬼那年，唐大梆正好被人砸断了腿，从此吃喝拉撒都在牛棚里。

唐大梆喘气的声音比背他的阙洪还响。唐大梆没有力气了，眼珠子也转不了，快死了。唐大梆瘫软在地上，耷拉着头，喘了一会儿气才说，世界上哪里有鬼？没有鬼，根本没有鬼——没有鬼哪能有鬼肉？

阙洪的女人说，唐大梆，你看，这块肉，跟当年我家阙东东买的那块肉一模一样，那女鬼把肉还回来了。

唐大梆没有看肉，苦笑，你见过当年阙东东买的肉？

阙洪的女人说，没看见过，都是别人说的。

唐大梆说，阙东东当年也没见到鬼……

阙洪女人说，是见到鬼了……

唐大梆不跟阙洪的女人争。他对我母亲说，你拿肉煮给孩子吃吧，你家的孩子遇上好心人了。

母亲说，哪来好心人，呸！

弟弟喃喃地说，真的是好肉，不是鬼肉。

母亲乘弟弟放松之机，突然出手，将肉抢了过来，扔给在不远处等待了很久的狗。狗狂喜地扑住肉，两只爪子紧紧地抓住肉，张大嘴巴，想一口吞食，但嘴巴倏然停在空中，没有往肉咬下去，只是嗅了一下，放下肉，摆摆尾巴走了。弟弟猛地扑住肉，比狗还敏捷。

母亲对唐大梆说，你看，我的儿子中了邪了，你给他画一道符，保他性命。

母亲见唐大梆不答应，去拉他的手，似乎要强迫他画符。但很快母亲便放下了唐大梆的手。因为他的画符的手多年前已经被剁了。这是众所周知的，但母亲突然忘记了。阙洪的女人像我母亲一样不知所措。我想，阙洪的女人本想给儿子报仇的，但此时她更愿意看到我的弟弟成了阙东东的陪葬，果然，她对我母亲说，算了，你洗干净肉煮给他吃吧，就当是我送给他吃的。

聪明的母亲轻易看破了阙洪女人的阴险，并不领情，追上弟弟，把他抓住。弟弟无力反抗，被母亲绑在一棵芭蕉树上，并夺下他手中的肉。唐大梆要走了，阙洪并不背他，他就爬着离开。母亲觉得自己比唐大梆懂得更多，如果是别人吃了这块肉，那么有事的是别人，弟弟就会没事了。母亲想到了阙小明。他父亲死了，但他的儿子阙傻瓜仍活着。这块肉应该让他来吃。

母亲等围观的人都走了，只剩下蹲在墙角里流口水的阙傻瓜的时候，她叫了一声阙傻瓜。阙傻瓜像一条半睡半醒的狗，倏地站起来，走到母亲的跟前。

母亲用一根木棒挑起那块肉，递给阙傻瓜。阙傻瓜喜出望外，张开双手，跳跃着扑向肉。不费什么力气，阙傻瓜抓到了肉，在弟弟的乞求和威胁中，阙傻瓜躲在一旁，生吃那块肉。

阙傻瓜吃肉的样子像弟弟一样霸道，狼吞虎咽，气势如虹，一会儿工夫便把那块肉吃掉了，还用舌头舔着嘴巴。母亲等待阙傻瓜吃完肉后倒地而毙，但阙傻瓜并没有什么不妥，他伸伸腰，拍拍屁股，朝旧集体食堂方向走了。

母亲惊讶地自语，阙傻瓜为什么不会死呢？母亲不相信阙傻瓜真的能逃过此劫，放了弟弟：阙傻瓜是替你受死的，你跟着他看看，他到底会不会死？

米庄一片死寂，世界除了漆黑和天上的一轮瘦月外什么也没有。弟弟从容地检查了一下望远镜，举起望远镜看了一下天地四方。然而，弟弟还是看到了肉。他惊喜地说，肉，肉，肉。母亲一巴掌把望远镜从弟弟的眼睛上打下来，不准望远镜对准她——望远镜看到了母亲脸上瘦瘪的肉。弟弟狠狠地瞪了母亲一眼，穿过幽暗的竹林，跌跌撞撞地往旧集体食堂方向追去。

弟弟此去便是一个晚上。半夜里母亲起来拉尿的时候曾对着窗口叫了几声弟弟，结果只引来了几声狗吠。第二天一早，习惯早起的阙洪的女人歇斯底里地在米庄嚷起来了，把清静的米庄一下子变得紧张而嘈杂。

越来越多的嘈杂声传到了母亲的耳朵里，像午后的蝉叫令她烦躁不安。母亲终于听明白，阙傻瓜死了。死在旧集体食堂的石头桌面上。被人砸烂头部而死的，眼睛流着血，一大早的便招来了一屋苍蝇。骇人听闻的是，阙傻瓜的右腿被剁下来架在废弃了的火灶上烧烤，整整一条腿已经被啃光了肉，在灶台上只剩下一根骨头，还冒着热气。母亲曾被太多荒唐可笑却又貌似真实的传言所蒙蔽，因而根本不相信这些像从梦中传来的嘈杂的声音，但她似乎闻到了什么气味，忽然扔下手中的牙刷，来不及洗一把脸，便匆匆往旧集体食堂赶去。耳听为虚，眼见为实，她一定要亲自看个究竟。

补记：我的弟弟阙羊死于那年冬天。他死的时候，村里正好流行猪瘟，队里养猪场的猪一头一头地死掉。公社下禁令不准人吃病死猪，并有民兵持枪巡查把守。死掉的猪都埋到了一个大坑里，来年能生产一坑的好肥料。我父亲愿以抵扣三天工分的代价换来一头死猪，给弟弟陪葬，和弟弟一起埋在高高的山岗上，站在那里能看得见车水马龙的高州城。那支单筒望远镜，我们忘记或根本懒得从弟弟的身上取下来。对西洋货,我们从来没有好感。

弟弟死于乱棒。家丑,在此不必赘述。

一个朋友叫李克

SHI YANG ZHEN DE HAI

我得癌症的消息只有少数几个人知道。他们都是我的最亲的人，也是最能理解我的人。他们同意把我转移到一个风景秀丽、环境寂静但非常闭塞几乎与世隔绝的山区小医院——实际上是一个医疗条件不太优越的疗养院度过我的余生。因为这里很有名气。名气是通过那些得了绝症的人和他们的家属口耳相传积累起来的。当然，一般的病号不能住进这里。我所说的"一般病号"，是指那些还没有大彻大悟无法坦然面对生死的人，他们是世俗的大多数。春天还没有过我就来到这里了。跟很多的病友一样，发现绝症的时候为时已晚，然后经过了一次又一次化疗的折磨。是痛苦让人放弃，是痛苦让人选择出路。我不想让更多的朋友知道我已经病入膏肓，是因为不想让他们看到生命即将消逝的哀伤和我主动放弃的消极的人生态度，我要走得有尊严。因此，连那些平时跟我最要好的朋友都不知道我为什么突然消失了。但是有一天，一个感情很一般的早年朋友突然出现在我的面前。他不是来治病的，他说是来陪陪我，就当是送我上路吧。

我用了很长的时间才想起这个朋友叫李克。是十多年前在我的同学、画家张草的婚宴上认识的，当时坐在一桌的还有李小白、洪而亮、杨柳岸、尹丽阳等，都是高中同学，就李克是我们都不认识的。他找不到空位置便凑到我们这一桌来了，本来那个位置是留给李小白的女友秦圆的，他们正闹分手，我们想劝和。但她姗姗来迟。李克很健谈很活跃，一坐下便改变我们谈说的方向和内容。他的自信来自他俊逸挺拔的外表、健硕的肌肉、意气风发的神态以及磁性十足的标准的国语。他跟我们聊起足球，聊起刚刚结束的第十二轮中超联赛。他踢的是甲级联赛，已经转过三次会。他踢前卫，是个左撇子。他说圈子里都公认他才华横溢，体能出众，意识一流，江湖上称他"李左脚"，本来能到申花队踢中超，可以进国家队，甚至到曼联踢球的，但他的左脚踝骨折后一直好不彻底，影响了发挥，恢复不到原来的状态，为此他甚至考虑要提前退役了。我们在一声叹息中成了他的朋友。他还兴致勃勃地给我们说起了足球圈里的一些龌龊事，给我们带来了前所未有的见识和乐趣。在一阵笑声中，我们的班花秦圆来了。满满的坐了一桌，没有她的位置，从未受过冷遇的秦圆似乎要生气了。李克微笑着抢先站了起来，让她坐他的位置，然后自己搬来了一张桌子，就坐在秦圆的旁边，而且谈笑得更起劲，如秋风落叶、波涛涤尘，他那天的口才肯定比在赛场上的球技更为出众。这顿饭比预想中更有趣味，笑声不断，其引人注目程度甚至超过了新娘的出场和与新郎的当众激吻。后来的事情,简单地说吧,是这样,李小白没能挽回秦圆的芳心,听说还大度地参加了秦圆和李克在青岛举行的盛大婚宴。再后来,听说李克揣着赌球赢来的大把钞票携夫人去了英国,说是观摩英超联赛为日后当教练做准备,实际上是做他的国际贸易去了,具体来说是贩鞋,温州货,貌似发了更大的财。两年后他回到了上海,一个人,秦圆跟了一个法国的摇滚歌手去了澳大利亚。"秦圆水性杨花"——这个观点即使放到数年前我也同意。我和李克争相列举了数十个典型事例给予了证明,一举把她办成了铁案。李克和我在外滩的爱尔兰咖啡厅聊了一个下午,他没有跟我说足球和曼联,也没说到他的国际贸易,更没有谈地下赌球的内幕,而是跟我聊起了欧洲抽象派画家和英国乡村音乐,特意让我欣赏他和一个德国哲学家激辩的录音……这种突如其来的变化让我措手不及,因此,整个下午还是他一个人滔滔不绝,我几乎无法插上完整的几句,但我开始对并不好感的英国肃然起敬——仅仅两年,它竟然使一个四肢发达的足球运动员变成了一个闪烁着智慧火花的哲学家。"欧洲根本就没有像样的哲学,所以我回到了中国。"笔挺的西装,飘逸的长发,细长而漆黑的烟斗和天真而深邃的面容让我看到了别样的李克。那时候我刚刚开始我的执导生涯,正在寻找合适的演员,想让他出演电影里的一个角色,一个浪荡诗人。"是男一号吗?"我说不是,是客串。因为一号角色是投资方和制片人说了算。他断然拒绝了:"我热爱电影,但我并不堕落。"他说不是男一号永远不要惊动他。他到崇明岛徐根宝足球学校当了几个月的教练员,期间跟一个开画廊的半老徐娘结婚,但很快便离了婚,之后离开了上海,他说是去北京,实际上是途经北京去了阿富汗坎大哈。一年后的一天他打了一个电话给我说,他正在印度新德里最好的电影院看我的电影。我的电影非常独特,不媚俗,不跟风,不向票房屈服,我追求的是对人类心灵的探索,说到底是对死亡的体验和思考。十三年来,我执导了五部电影,每一部都被称为成功,在各种国际电影节上获得过一些奖。死亡是我电影的永恒主题,老实说,我对死亡思考和挖掘的深度超过了所有中国的导演,在亚洲甚至世界影坛也可以说独树一帜。那些见风使舵的影评家说我是中国的伯格曼,哪一部作品可以媲美《野草莓》,哪一部是向《第七封印》致敬……我断然拒绝这种肤浅的赞誉,因为我不想成为谁,我只想成为我自己,将来我被载入世界电影史是因为我的电影风格独特、思想深刻,而不是因为重复了谁类似谁。而十三年来,李克总是行踪飘忽,在世界的某个角落给我打电话,如科伦坡、悉尼、柏林、东京、拉萨、成都,压着声音悄悄向我报告说:"我在电影院里刚刚看完你的电影,总的来说影片拍得不错,对死亡的追问令人深思、给人震撼,让人感到孤独、绝望,只可惜就差那么一点火候,就一点儿,这一点就像死亡本身,每一次都与它擦肩而过而不是与其合而为一,你就像一个伟大的投手,在比赛的最后时刻,观众对你寄予最后希望的时候,你却没有投中压哨三分从而前功尽弃,因此觉得很遗憾,你要成为大师,你必须把这种遗憾克服掉,拍一部完美无缺无可挑剔的电影,关于死亡的最伟大的杰作。但你现在貌似功成名就,前呼后拥,你沉迷在虚名之中,你根本没有时间思考……"每次说话的大意几乎如此,慷慨激昂又充满惋惜。我并不怀疑他在说谎,因为我确实听到了电话里传来的熟悉的片尾音乐和电影院里才有的宁静。但他不多说,每次都只说那么多,与电影主题有关,与死亡有关。唯一的一次,他告诉我,他第五次结婚了,对婚姻很绝望但又不得不假惺惺地拥抱它,他与我电影里的男主人公有着相同的爱情观、生命观、死亡观,遭遇也差不多,他说我这部电影是拍给他看的,因此他在不同的城市看了五遍,觉得这是离他心目中的完美电影最接近的一部,但还是感觉差一点,只是这一点已经很微小了,伸手可及,我只需再努力一下就能达到那种高度。我正享受这种表扬的时候,李克突然说了一句:"不过,也许你永远也达不到,因为你用在思考的时间太少……"伯格曼说过,世界上没有完美的电影。但我和李克一样,或许所有的导演和观众都一样,都追求和期待完美的电影,但那是不存在的。那时候我的朋友和影迷不计其数,每天接到的电话多得让人厌烦,媒体上对影片的评论和关于我的八卦铺天盖地,我都被恭维或被批评得麻木了,因此对李克的话也没有太多的在意,我们的感情也没有随着时间的推移而累积到亲密的程度。一直以来,我只是把他当作一个普通朋友而已。十三年过去,他俊逸的轮廓、风流倜傥的形象在我印象中日益模糊,甚至于他的名字也混淆和湮没于无数平庸的称谓之中,他好像离我很遥远了。但一个足球运动员用篮球评论员的口吻对我的"没有投中压哨三分"的批评颇有新意,时不时让我觉得是一根刺扎在内心深处,我也一直努力要在下一部电影中把这根刺连根拔起。可是,在如日中天的时候,在憋足一口气要拍一部完美的电影的时候,在离晚年尚有很长一段距离的时候,我轰然倒下了,被诊断出癌症晚期。医生说,是积劳成疾所致,是长期身力交瘁的必然结果。同行早就说过,名利场的压力太大太累迟早死于癌症。我的亲人还没充分享受我的盛名带来的好处便要面对生死离别,使我一时不知所措,感觉死得难以瞑目。我劝服了我的亲人,包括妻子,不要在我身上浪费时间和精力,在我的弥留之际不要在我的身边,不要让我们承受那种生离死别的煎熬和痛苦。我知道,人之将死,肯定是惆怅不已,如果能让我在陌生的地方陌生的人面前安静地离去,那是对我的最后奖赏,也是对我人格的最后完善。所幸的是,我的亲人同意了我的选择。他们只需要在千里之外静候我的死讯,然后以最简朴的方式处理后事,迅速抹平由此带来的短暂哀伤,然后继续他们的正常生活。说实在的,我很满意这样,一点也不觉得有什么不妥。但李克的到来打破了这种平静。

"我问过你的医生,你的生命至多还有一个星期或更短。"李克直截了当地说,"但是医生的话都是屁话。"

我的病房里除了我还住着三个病人,两个是老人,跟我父亲的年龄差不多,是肝癌,另一个是中年人,跟我年龄相仿,和我一样是肺癌。我们住在一起,彼此都是垂死挣扎的人了,有共同的语言,说说话,减轻一点顾虑和恐惧。他们的亲属也很少来,他们的意愿跟我差不多,将死的人和正活得好好的人不应该互相干扰。因此说我们的思想都很豁达,很坦然。我们心里都清楚自己离死亡还有多长时间,但容不得由别人来提醒,尤其是容不得由一个身体健康的人来提醒。李克一进门便犯了这个禁忌。

"我对医生说我是你的兄弟,我要陪你走完最后一个星期。"李克嗓门很大,看上去不是虚情假意。

我挣扎着坐起来,让他坐到沙发椅上。但他直接坐到了我的床边,床架不堪重负,一下子往下弯曲了。

"你的心意我领了,李克。"我说,"你能来看看我就够了——其实你可以不来看我的。我婉拒了一切亲朋好友来看望我,因为不必要,生老病死,一切皆自然……"

"你把我当外人……"李克很无辜地耸耸肩头,让我忽然想起这是他的习惯,是英国两年的后遗症。

"你是怎样知道我在这里的?"我很奇怪。因为我的亲人对外界一贯保密,连那些自称无孔不入即使当事人躲到外星球也能跟踪捕捉到其新闻的娱乐记者对我的生命状态也一无所知。

"是神指引我来到这里的。"李克说，很虔诚地，好像是真的。

我不能跟他争辩神的存在与否，否则即使到了生命的尽头也争不出所以然来。

"他说得也许有道理。3号。"1号床位的老头对我说，他竟然赞同了李克的说法。

在这里，我们都是没有姓名的，只有号码，号码也不是固定的。我现在的号码是八房3号。这里没有电视、没有广播、没有电脑、没有电话，也没有邮箱，几乎与外界断绝了一切联系。医生说，临终的时候最好能回到自然的状态，万物生长，万物消亡，没有外来干涉，只有药物对生命的维持和人对自然、自身的回归。这里的医生医术并不高明，但他们个个都像心理学博士，像牧师一样，除了肉体上让病人感觉不到痛苦之外，精神上给病人抚慰。

我只能说我也相信。神就在我们身边，她看着我们，正准备带我们离开。

李克说："我是你的朋友，我放下了所有的俗务，我从日喀则赶来陪你。"

李克的眼里充满了怜悯。和十三年前相比，他显得更加深沉、真诚。他飘逸的长发已经剃掉了，换成了小平头，但他的外表依然俊逸，只是多了一种说不清楚的沧桑、憔悴。仔细看，他的左手腕上戴了一串檀木佛珠，散发着淡雅的清香。

我态度坚决:"我不需要谁陪我,真的,你看到了,我的亲人一个也不在我身边。"

李克环顾了一下,觉得我所言不虚。这里确实是一个冷冰冰的世界。

"怎么会这样?怎么能这样?"李克疑惑不解,但很快便悟出了什么似的,"这样好,这样也好——那这样吧,我陪你,我有时间,我的时间浪费在哪里也是浪费……"

我说你有什么好陪的,你有大把的事情要做,你赶紧去把你想做的事情干完,否则会遗憾的。

"你承认自己有遗憾?"李克不依不饶。

"有,我至今仍没拍出一部完美的电影。人生和电影一样充满遗憾。"我说,"不瞒你说,我一直想投中那个压哨三分。"

"可是,看来你没有机会了。"李克长叹一声,"……死不瞑目是吧?"

"现在我才知道,世界上应该是有完美的电影的。"我说的是心里话。

"来这里之前,我重新看了一遍你的五部电影,你已经了不起了,只可惜……"李克又要重复那句话了,"你不是没有那种功力,只是你没有那种真实的感同身受的体验,你就差这么一点了。"

我突然觉得李克说得有道理。其实他说的话一直很有见地,只是我没有重视和正视而已，或者说根本上就不屑一顾。李克一鼓作气地和我剖析了我的电影，几乎不放过一个细节、一句台词和演员的每一个动作与表情，还和那些被公认的大师经典作品对照比较……天哪，他对我电影比我还要了如指掌，他对电影的看法竟然如此独到！我不得不对他刮目相看。

"这一辈子，在英国，我见识了完美的足球、完美的建筑、完美的乡村音乐，在印度，我领略到了完美的信仰……但我还没有看到完美的电影，这一辈子多么遗憾，一个有可能拍出完美电影的导演却即将要英年早逝了。"

那些病友从开始对李克的不满变成了饶有兴趣。一个能言善辩的家伙，一个具有哲学家头脑的前足球运动员。一个病友突然哀叹一声，李克不作声了。看了看发出哀叹的2号病号，李克刚才还有点爽朗的脸色变得冷峻了。

4号病友按响了床头上的紧急呼叫铃，两个白大褂马上从门外走了进来。

"2号应该可以转移到九号病房去了。"4号病友说。我抬眼看了看2号，他的呼吸越来越困难，脸色枯黄成了一张蜡纸。我赞同4号的判断，是应该让他去九号病房了。

两个白大褂对2号做了诊断，很快决定将他推出去。他一到了九号病房，就意味着将很快永远告别这个世界。

我们又经历一次生离死别。

"你的眼神慌乱了一下，其实你是害怕！"可恶的李克竟然捕捉到了我的内心瞬间的恐惧。

"没有。"我敷衍了他。

"2号的床位就属于我了。"李克说，"你们谁也干涉不了我，因为我已经向疗养院付足了钱——现在这个世界，没有钱办不到的事情，恰好我有很多的钱，多到可以独资投拍数部斯皮尔伯格的电影。"

斯皮尔伯格拍的是世界上最烧钱的电影，连国际大财团都对他咬牙切齿爱恨交加。

这个靠赌球起家的家伙到底有多少钱？他究竟有多大的本事？

疗养院山抱水绕，竹林茂密，非常静寂，我们抬头能看到窗后有一片湖泊，瓦蓝的水，安静的水鸟和水鸟脚下的几株芦苇。此时，一声钟响把李克惊吓了一下。

"是寺院的钟声！"李克惊叫起来，"你们这里有庙宇！"

我向窗后指指，庙宇就在山后，藏在竹林之中，这里只能看到它的屋檐一角，如果在九号病房，对庙宇能一览无余。因为九号病房是整个疗养院唯一的窗口正对着庙宇的病房，庙宇如近在咫尺，触手可及。

"你们应该住到九号病房去。"李克说。

我淡淡地说，我们都会到那里去的，但现在还不是时候。

李克错愕了一下，1号病号告诉他答案："如果明天要走，今晚就可以躺到九号病房了，像2号。"

李克明白了。这幢房子有九个病房，一号病房的病号是病情最轻的，二号稍重，三号、四号……越往后，说明病情越重，离生命的尽头就越近。我就是从一号病房开始，隔几天便升级一次，像迈向通往死亡的台阶，从一号换到二号，二号搬到三号，每上一级，心里总会咯噔一声，头脑里空白一会，身体瘫软一次，在等待和升级中我思考了很多，比一辈子思考的还多，弄明白了一些原来以为明白了的东西，过去我在电影里说了一些隔靴搔痒、似是而非的道理，其实多么肤浅。在死亡面前人人平等，谁也无法超脱，谁也无法免俗，谁也无法不绝望无法不害怕……如果还有机会，我愿意把我的那些电影重拍一遍。

我的朋友李克的到来使得八号病房气氛格外活跃。他说话特别多，似乎在卖弄他的见识，说宗教、谈瑜伽，说北纬30度地理，说欧洲的建筑艺术，谈论隐藏在文明深处的玛雅奇迹，说人生，谈爱情，谈《西藏生死书》，谈论我们这个世界的复杂、迷失和外太空的神秘、孤寂，观点独到却略显悲观，但谈得最多的还是电影，他竟然对伊朗、黎巴嫩、阿尔巴尼亚等非主流电影也信手拈来，像一个电影专业的博士生，躺在病床上的见多识广的病友对他也不得不洗耳恭听。但一个健康的人混在几个行将就木的人中间显得格外不协调，他肯定理解不了我们内心世界共同的秘密，他谈论死亡的时候跟我们谈论时的感受肯定不一样。因此，我们都只把他当作一个能给我们带来一些乐趣的局外人。

他说话说得太多了，以至都快虚脱了。他的脸上偶尔会掠过痛苦或悲哀的表情，很快，但逃不过善于捕捉细节的导演。他似乎跟医生或护士很熟悉，她们对他也恭恭敬敬。奇怪的是，那些呆头呆脑的医生竟然也给李克打针，让他吃药，跟一个重症病人那样被高度重视。

"他好好的，你们为什么给他打针吃药？"

"他交了钱。"医生淡淡地说，"因此他有权利享受止痛和延续生命的待遇。"

"他根本没有病！"我说，"他比斗牛士还强壮。"

"可是他确实交了钱。"医生说。

钱也竟然可以使这个头戴神圣光环的疗养院变得没有操守！

李克解释说，我说过我是来陪你的，送一个朋友上路，这是对我的几乎毫无意义的人生的一种补偿。

我说，李克，你疯了？这些止痛药、强心针是给我们这些苟延残喘的病人用的，对你没有好处！

"我交了钱，他们就得给我服务。"李克说，"再说，这种药对人体也没有害处。"

真是令人啼笑皆非。但我突然发现李克的脸有点难看，轮廓还在，容颜已改，黯淡、僵硬、暗藏忧伤。我们都很虚弱，医生不准我们多说话，但医生一走，李克还在说话，好像他要抓紧时间把所有的话都尽快说完似的，但我们很早便昏睡过去。半夜里，李克按了两次床头的紧急呼叫铃，把我惊醒了，医生给他打了两次针。

"我付了双倍的钱，我得比你们多享受打针的乐趣。"李克说。医生匆忙进来，给李克打了一针，李克安静下来，然后我们都睡了过去。

两天来，八号病房又搬走了两个，新搬进来两个。两个陌生的病友显然还没有对死亡做好思想上的准备，精神高度紧张，有时发出低沉的惊叫，好像他们不用经过九号病房便直接进天堂一样，慌乱而不知所措。在他们的影响下，我的病情迅速恶化，感觉到身体极度虚弱，心跳越来越慢，呼吸出现困难……我犹豫不决，李克抬手一拍，帮我按了紧急呼叫铃。

"3号病人可以转移到九号病房去了……我也得去了。"李克有气无力的，像刚睡醒的样子，脸色灰白、疲倦，"我，最后送送你。"

我没有反对。我难受得感觉已经死了。也许我已经死了。

两个医生给我和李克分别做了诊断，然后用眼神交流了一下，决定尊重我们的意见。

医生推动我的病床。我双手在空中本能地挥动着，想抓住什么，结果什么也没有抓住，最后紧紧抓住床架，挣扎着想阻止床的移动。

但是,我们还是被送到了九号病房。

这间病房与其他的病房相比,没有特别的地方,就是宽敞一些,包括我们有七张病床,其中李克旁边的那张是空的。李克伸手去摸了摸,喃喃道:"天哪,床上还有他的余温。"

"昨晚走了三个。"旁边的一个病号,是3号,五十岁左右,虚弱地说,声音已经变形了,"估计今晚我也得走了,我得先跟你们说声再见,免得到时想说也说不上。"

在这里,我和李克被重新编号,我6号,李克7号。我们比邻而居。

"我们早就应该到这个地方来的。"李克说,"这里才是最接近生命真实的地方。"

我不赞同他的说法。这里阴冷、孤寂,弥漫着浓郁的死亡气息。我似乎看见5号病人的灵魂缓慢离开了他的身体,他紧紧地抓住它不让它飞走——那扇窗,是灵魂离开肉体的通道。

医生要把3号病人转移出去,那人拼命反抗:"我还没有死,你们不能把我拉出去。"

医生说:"你在这里待得够久了……"

"……才两天,也许今晚就能断气。"3号有气无力地哀求道。

医生说,你先回到八号病房去……

3号还要挣扎:"今晚我就可能断气了……"

但他还是被转移走了，一会儿，另一个病人进来了，取代了3号的位置，成为新3号。那人喉咙里发出咯咯的声音，上气接不上下气，像爬坡的卡车，强弩之末，马上就要熄火了。

"不要怕，朋友。"李克握着我的手——他的手好冰凉，"这是最好的地方。"

这确实是最好的地方。所有的病床都对着窗口，窗口正对着窗外若隐若现的庙宇，不用抬头，也能看到庙宇的黄墙青瓦。庙宇里永远只有一个和尚，圆寂了一个又来一个。不知道什么东西赋予了九号病房的魔力，听说凡是到了九号病房的人都觉得心里一下子踏实了，安静了，大彻大悟了，没有慌乱和恐惧感，人体的所有器官都同时打开，能闻到自己身上的死亡气息，能感受到自己肉体慢慢枯死的声响，像一盏灯熄灭时发出的声音，正常的人听不到，只有到了这个时候才能听得清晰。因此，九号病房备受推崇，每一个临死的病号都会要求到这里来。躺在这里的人没有贫贱富贵之分，没有姓名，不问身份，而能否到这里，只有医生才是最后的裁决。我弄不明白，李克是怎样混进来的，他为什么要混进来？难道见多识广的他需要感受一下"濒危体验"？如果是这样，他太可恶了，因为这里的床位是如此紧俏，那些正在痛苦中煎熬的病号都争相要到这里来尽快脱离苦海。而他，一个放荡不羁夸夸其谈的浪子，堂而皇之地占了一席之地，而且不知道占用多久。

一进九号病房开始，李克的话就越来越少了，到了晚上，庙宇的晚钟声响过后，便一言不发了，对此我反而觉得不适应。我轻声地说，朋友，太安静了，你应该说说电影，你心目中完美的电影……李克紧闭着眼，在床上一动不动："朋友，我说过了，我快要死了。"

我吃了一惊："胡扯。"但他紧握我的手慢慢地松开，最后只有一只手指头勾着我的手指头。我们的手都很冰凉。我的身子湿了。冷汗。

我对李克的瞎话并不在意，由于过度虚弱，并在药力的作用下，我很快昏厥过去。我的眼前，或许是脑子里出现了许多幻觉，我的身体飘浮起来往远处飞去，像一颗流星……我看到了许多死去的亲朋好友和很多陌生的面孔，他们在深邃的空中飞来飞去，不让我抓住，不跟我说话。我感觉到了恐慌，拼命地反抗，要回到地面，要与他们划清界限。

我看到了李克的躯体，它像一条漂浮在海面上的死鱼，我一把拉住它："我要回去，我还要拍电影！"

李克突然掰开我的手，独自往远处飘去。

"李克！李克！"我孤立无援，大声呼喊。

我沉重的身体一直往下沉，眼前越来越黑暗，快到地面的时候，又迅速反弹，往更深邃的太空飞翔……

多么漫长而孤独的飞翔，无边无际，没有尽头。

我体会到了什么才叫恐惧,什么才叫绝望,什么才叫死亡!什么才叫烟消云散!

....

我突然听到了钟声。钟声把我惊醒了。我睁开眼睛,发现自己又回到了九号病房,还躺在6号床位上,汗流满面,浑身冰凉,但身边的病床空荡荡的,只剩下我自己。我慌乱中猛按紧急呼叫铃。医生进来了。

"他们呢?"我问。我的身体慢慢恢复了力气。

"他们都转移到万年青①去了。"医生淡淡地告诉我。

"7号,7号呢?"李克的床位空得只剩下一张床,我用手摸了摸,还有余温。

"剩下你,其他人都到了万年青。"医生说。

医生为了证实其所言不虚,他说,如果你不相信,可以去看看他们,不过他们很快便要送殡仪馆了,他们的家属正在赶往这里的路上。

我压根就不相信医生的话。为了戳穿他的谎言,我一定要去"万年青"去看个虚实。

医生说,你可以自己走动了。

我试着,果然能自己爬起来,还能下地走路。

---

① "万年青"在这里就是太平间的代名词。

医生把我带到了"万年青"。里面有七具尸体。最里面的竟是李克！双目紧闭，表情僵硬，脸色像银幕一样灰白和深不可测，只是那嘴角还微微张开，似乎还有话要说，可是永远再也动不了了。

我的朋友李克竟然就这样死了！这是世界上最不可思议的事情，比电影还离奇。

"他的确已经死了。"医生再次肯定地说，"类似于安乐死。"

我摸了摸李克，躯体冰凉，没有了心跳，当然也没有呼吸。

"你可以离开九号病房了。"医生说，"甚至可以离开疗养院了，今天你便可以办理出院手续回到你原来的生活轨道上去。"他的意思是说，我凤凰涅槃，且不治而愈。这个疗养院里，我将是唯一一个活着离开的病人！仿如隔世，荒诞不经！

"你来这里本来就是误会——你的朋友，太平间里的7号才是绝症患者，他患尿毒症已经好多年，已经到了晚期，可是他活着的时候一手导演了这则荒诞剧。他说他为此策划了十年，处心积虑，像进行一场漫长而惊心动魄的赌博，赌你能投进那个压哨三分。"医生告诉我，"从一开始，你的病历就是伪造的，你只是患肾结石，只需要动一下手术就成了……一切都是虚假的，我们，还有你的亲朋好友都是他的演员，你是他的主角，他希望你能用心体味，拍一部完美的电影，关于孤独、绝望和死亡的电影。他说你是一个伟大的导演，他相信你能。他除了付给疗养院一笔足可以让我们愿意担当演员的钱外，剩下的钱全部捐赠给你了，作为你拍电影的赞助经费，你可以心无旁骛随心所欲拍电影了。"

那些盘桓在心头的疑惑顷刻之间土崩瓦解。我豁然开朗。

李克导演了一则现在回想起来多么拙劣的闹剧，但是他才是一个伟大的导演！

毫无疑问，他还是一个杰出的朋友。

我又回到了原来的舞台。来不及参加亲朋好友们为我举行的盛大的庆祝会，我又开始工作了。从离开疗养院的那一刻开始，我迎着灿烂的阳光构思着第六部电影。我暗下决心，一定要用尽全力投中那个众望所归的压哨三分，并以此献给我的朋友李克。

最细微的声音是呼救

SHI YANG ZHEN DE HAI

蝶花派出所实习民警小宋刚报到的第一天便接到一个电话，电话里传来深沉而急促的呼救声。小宋神色紧张地追问报警者的详略情况，是不是遇到危险了？具体在哪里？能不能先做自救措施？等他一问下来才知道，打电话的是一个老太太，不是她身陷险境，是她听到了她所在的仙鹤居民小区有人呼救，不仅仅她听到了，小区的其他人也听到了，虽然不知道声音从哪里传来，但确实听到了低沉的、哀求般的呼救声，尽管声音低微，若隐若现，如海面上溺水者的惊叫，但还是像闪电一样穿透了他们的耳膜，让他们既心惊胆战又焦虑不堪。

小宋向所长汇报。所长说，不管她，打报警电话的那个老太太神经有问题，这几天她老打电话说这个事，大前天、昨天老赵都去了仙鹤小区好几回了，哪有人呼救？屁事也没有。小宋说，那就先不管她。可是，过了一会，电话响了，又是刚才报警的老太太。

"那呼救声都喊了好几天了，你们为什么见死不救？你们是不是太过冷漠了？"

小宋说，你真听到呼救声了？没有听错？

老太太在电话里吼叫："我们没听错，每一个耳朵都听到了，就你们警察没听到！"

可是，我们所的民警老赵都去了几趟了。小宋说。

老太太吼声："老赵是一个聋子！聋子怎么还当警察！"

小宋见过老赵，可是老赵不是聋子呀，一点也不聋。

老太太在电话里猛说了一通，说几号楼几号房传来的呼救声，昨晚都叫了一宿了，整个小区的人都睡不着……你们要是来晚了，便要出人命了，人命关天啊。

小宋对所长说，所长，你还是让我去看看吧。

所长说，你去便是了。

小宋很快便骑车来到仙鹤小区。打电话的老太太就待在正大门口，看到小宋便拦住了："你是小宋吧？看上去你比老赵负责任，那个老赵呀，像个老爷一样，每次来都不好说话，像猫一样哼哧几声便走了。"

仙鹤小区是一个新旧建筑掺杂的小区，既有崭新的楼房，也有破破烂烂的房屋。原来这里是氮肥厂的职工宿舍，后来氮肥厂倒闭了，不仅厂区卖了，部分职工宿舍区也卖了。楼房间显得拥挤不堪，垃圾也随处可见，住在这里面的人员也杂七杂八的，什么身份的人都有，什么地方搬过来的人都有，连物业管委也搞不清楚小区到底住了多少人。按老太太和另外几个的指点，小宋爬上了七幢四楼，敲开了四〇二号的门。

按老太太所说，呼救声是从这套房传出来的。像是一个女声，低沉得几乎让人听不见，只有在半夜三更万籁俱寂的时候才听得清晰，虽然不知道为什么呼救，也不知道呼喊什么，却正是因为如此让人毛骨悚然。小区物业管理的保安说，他也听到了，他也曾敲门进去过。这户住的是一对氮肥厂下岗夫妇，男的得了白血病都半年了，半死不活的，他们唯一的女儿是个智障，去年被人拐卖到了河北，上个月刚生了一个儿子便坠楼身亡。保安说，他们夫妇都坚决否认曾发出呼救声。

开门的是一个女人。小宋说，有人听到这里发出呼救，是你们吗？

那女人说，不是，我们早就声明过，即使饿死也不会给政府添麻烦，你看我丈夫，连说话的力气都没有了，哪里还能呼救？肯定是你们听错了，小宋往屋里瞧了一眼，乱七八糟的房间里，散发着浓厚的药味。一个人躺在床上，骨瘦如柴，胡子和头发一样长。

"我没有呼救……"床上的人说，低沉却颇具穿透力，"我倒以为是我们顶头上的住户在呼救，我好像也听到了，如果我能起来，我想爬上去看看是怎么回事……"

小宋的心颤抖了一下，我们以为是你呼救——其实你是可以呼救的——五楼住的是什么人？

保安争着说，住的是一对从美国回来的夫妇，平日出入挺文明的，从不乱扔垃圾，也不乱吐痰，两口子对人也挺和气，生怕得罪人似的，对保安也客客气气，夫妻彼此相敬如宾，每天都像在谈恋爱，亲热得令人羡慕，说明他们生活很美满。这样的住户怎么会发出呼救呢？

一直跟在身后的报警老太太说，他们亲热给我们看的，说不定他们比仇人还憎恨对方……

保安说，怎么可能呢？那样子谁也装不出来，是你看不惯吧？

老太太不屑和保安争论，紧跟在小宋的身后，生怕被谁插了队似的。

小宋耐心地爬上五楼。开门的果然是一对年轻夫妇，他们几乎是半裸拥在一起，满脸兴奋，且喘息未定。很明显，他们为了应付敲门而中断了亲热，但他们没有不满的表情，相反，还对不速之客充满了歉意。老太太对此也不显得尴尬，对他们说："近来我们听到了你这里发出呼救声，现在民警同志来看看是怎么回事。"

那对夫妇面面相觑，男的说，我是曾经呼救，但那是在美国，我觉得活得压抑，快要窒息了，便报了警，美国警察告诉我，你要活得不压抑，建议你回到中国去，于是我们便回来了——可是我们呼救了吗？我倒听到我们头顶上住户呼救了，对，应该是他。

六楼的住户是一个孤寡老人，儿女都不愿意理他，因为他是一个疯老头，脾气很古怪的，很少出门，出门也不跟别人说话。老太太主动介绍了六楼住户的情况，以证明她对这幢楼了如指掌。

保安也说是住着这样的一个人，听说他曾经是一个教授，房子是老伴留给他的，他老伴原来是氮肥厂的职工，一直跟在青岛啤酒厂工作的儿子生活在一起，很少回来。

小宋爬上七楼，敲开老头的门。老头戴着老花眼镜穿着一身睡衣出来打开门。小宋打量了一下，老头头发苍白，却油光发亮，整洁如洗，脸上却洋溢着愤激的表情，但这表情应该在他的脸上停留了很长的时间，并非是因为小宋他们的打扰才突然出现的。

"教授，有人听到你呼救了……"小宋说。

"是吗？"老头突然转怒为喜，兴奋地说，"你们真听到了吗？"

小宋说："你遇险了？有什么困难吗？"

老头说："我写的文章还在这里，还没有发表呢，但他们便听到我的呼救声了？"

老头旋即返回书房，兴致勃勃地取来一沓书稿递给小宋。小宋看到一下题目：《救救孩子，救救中国》。

小宋哭笑不得："教授，我是说你有没有呼救……"

老头认真地说："呼救了呀，都在书稿上。即使还没有出版，它自己也能发出振聋发聩的呼救声，你们都听到了吧？"

小宋只好解释说，我们说的不是抽象的呼救声，是具体的，物理意义上的……是从嘴里发出的呼救声，有人听到你从嘴里发出的呼救声了，大家很关心你的，有人报警了。

老头终于明白了，失望地说："原来是这样——我的嘴巴是用来吃饭的，从没有发出过呼救声，我历来是用文章来呼救……你们可以读读我的文章——它呼喊声比喉咙发出的不知道要强多少倍。"

小宋说，等有空我一定拜读，但现在得找到真正呼救的人，也许他（她）正危在旦夕，我们得救人于危难。

老头突然醒悟似的说："对了，我也听到了呼救声，是从我顶层楼上传来的。天天都在呼救，昨晚也呼喊了半宿。"

小宋将信将疑。老头推开小宋，看到了躲在小宋身后的老太太，大声地说："住在我上面的不是她吗？就是她。"

老太太说，是我呀，我住的就是这幢楼的最顶层——我呼救了吗？

小宋狐疑地看着老太太。老太太有点慌乱："老头子撒谎，我怎么会呼救？"

老头争辩说，我听到了，呼救声是从你那里传来的，我经常一边写文章一边听到你的呼救声，文章越写越激荡，我对你的呼救声都产生依赖性，听不到你的呼喊我都写不出文章来了。

老太太斥责了老头子一声"老疯子",便爬上楼去。小宋跟随着她到了顶层。

老太太熟练地开门进去。小宋也跟着进去了。

屋子内布置得很整齐,也很干净,但空旷得有点寂寞,还弥漫着一股腐味。小宋说,是你一个人在住吗?

不是……老太太依然有些慌张说,不是我呼救的,不是我……

小宋说,其实是谁呼救也不要紧,有紧急情况是可以呼救的,呼救是不用付钱的……

"真不是我,我……虽然我很想呼救,可是我一直没有……"老太太说,"我害怕,我快死了。我怕听到自己的呼救声,所以我不会呼救。"

小宋说,你身体不好?

老太太说,好,很好,一口气能爬上来,我身体很好,可是我觉得自己快死了……

小宋说,你的亲人呢?

老太太说,他们晚上才回来,一回来便满满一屋子人了。

保安凑近小宋的耳朵悄声说,她一直是一个人住,像六楼的老头……

老太太说,我没有呼救,我想起来了,呼救声好像是从我顶层传来的,对了,是从顶层上传来的,我敢肯定,不会错——老不死，为什么到现在我才想起来？

保安说，上面是楼顶，楼顶是封锁的，除了保安其他人没有钥匙上去。

老太太说，你怎么知道别人上不去？也许有呢。

小宋对保安说，那你领我到楼顶上看看吧？

保安打开楼顶锈迹斑斑的门。小宋走到楼顶上去，踩着楼面的预制板，似乎有种晃荡的感觉。因为人迹罕至，楼面上都有丛生的杂草了。

楼顶上除了一个小水塔，再也没有其他东西了。小水塔是用水泥筑的，四四方方的，里面一滴水也没有，只有一些鸟粪。保安说，小水塔已经废弃多年了。

老太太说，我喝过小水塔的水，十年前。

小宋仔细端详了一番小水塔，似乎发现了秘密似的："呼救声是小水塔发出来的！"

保安莫名其妙，上上下下看了一通：没道理呀，有风的时候小水塔至多也只能发出嗡嗡的风声，不可能会呼救……

小宋不容置疑地说，就是小水塔发出的呼救声！

老太太的神情也赞同保安的质疑，也跟着保安端详小水塔，结果一脸茫然。小宋觉得自己的话过于武断，甚至强词夺理，他还不习惯这样说话，因此心里有点虚，但转念一想，就得这么说话。

保安再次端详了一番小水塔，仍然一脸茫然，要刨根问底，可是小宋就是不肯说出所以然来。保安有点不服气，反复察看，又屏气凝神地听。小宋吆喝了一声："看什么看，有什么好看的，你不是警察，你能看出什么名堂来？"保安愣了愣，被迫放弃寻找真相，但他依然不服气。

"你们告诉大家，呼救声是从小水塔传出来的，把它拆了，就不会再有呼救声了。"小宋说，"废弃的东西就应该拆掉，否则会扰民的。"

老太太似乎终于弄明白了什么，如释重负，赞赏地对小宋说，你工作比老赵认真，老赵干活粗心，没有耐性，还不能好好说话，真不知道他怎么当上警察的。

小宋离开仙鹤小区的路上，耳朵嗡嗡地一路响着，开始以为是什么噪音，可仔细一听，却是低沉而急促的呼救声。这声音不知道是从哪里传来的，好像从遥远的地方，也好像就在身边；听不清楚是谁发出这声音，好像是正在捡破烂的小老头，又像是行色匆匆的陌生人……反正是有人呼救。小宋屏息听了一会，才听清楚这声音原来是从自己的心底发出来的，像空气一样弥漫得到处都是，又像锋利的刀子能穿透一切。小宋心里一慌，好像要赶往哪里拯救什么似的，不禁赶紧加快了步伐，拼命蹬车，一下子跑到了风的前头。

一张过于宽大的床

SHI YANG ZHEN DE HAI

上个月的最后一天,我刚刚庆祝了自己的六十岁生日。一个人,在人民公园的草木丛里,独自点燃蜡烛,独自吹灭。晨风送来白玉兰的残香,远处的椭圆形小广场上有一群老太太围着一个老头跳广场舞。我跟一只流浪狗分食了一个直径十二公分的草莓蛋糕。狗比我吃得更多,它连草莓也吃得津津有味。但它吃饱后并不感激我,心安理得地往草丛里去撒尿,撒完便朝城市纪念馆方向离开了,连头也不回。我有点沮丧,又一次陷入人生的迷茫之中。此时,有两个老妇人手提太极剑从我身边走过,我嫌弃她们身上散发的老人味,本能地捂了捂嘴。她们中的一个眼睛朝着我对另一个嘀咕说:一个老鳏夫!

我突然像被炸雷惊吓了,一时不知所措。悲怆感从心底里骤然上升,与孤独、苍凉等情绪在胸口处汇合、碰撞,造成拥堵。

我秃顶多年,皮肤松弛,体态肥胖,衣着欠收拾,一副饱经风霜的样子,看上去,确实已经老了。然而,我不是老鳏夫呀,因为我从没有结过婚,更谈不上丧偶。我本来想追上去跟她们解释一下，但我迈不开大步了，力不从心。那一刻，我似乎一下子明白了人生的真谛。

绕过革命纪念碑和烈士陵园，我往林荫深处走去。在长满蜀葵的斜坡上，一个五十多岁的女人朝我走过来。我注意到了，她一条腿长，一条腿短，走路的样子让我想起了唐小蝶。她走到我的面前对我说，你应该找一个女人结婚了，如果实在找不到，我愿意试试看。

我说："你是谁呀？"

她说："你再仔细瞧瞧，或许能认得出来。"

我说："世界上不止一个女人瘸腿……"

她说："你别装了，你已经认出来了，我是唐小蝶。"

她的身材肥大得像一头怀孕的河马，脸也很宽大。

唐小蝶说，你答应过我，带我看看你的床……或许世界上只有你的床适合我。

我的床实在是过于宽大，我从来就觉得一个人睡太浪费了。无论有多宽大，我只是睡比我身体宽一点点的地方。我经常担心床的另一侧会不会长青苔或者长草。是的，我的床不一定适合年轻时候的唐小蝶，但确实适合现在的她。简直就是为她量身定做。有些事情是天注定的。我信。

跟四十年前相比，唐小蝶已经完全换了一个人，看不出身上哪个地方像"唐小蝶"。如果她说她的名字叫"梅春雨"，或另一些完全陌生的名字,我也会相信。我有理由怀疑她的真实性。她可能真的是唐小蝶。或者这个世界有很多唐小蝶,她是其中一个。只是,但是,这一天,就算一个假冒的唐小蝶站在我面前,对我说,我想跟你回家,我也会答应,而且愿意把她当成真正的唐小蝶。

唐小蝶果然跟着我回家。我像捡到了一条流浪狗,满怀喜悦。

站在床前,唐教授果然对床赞不绝口。尽管这张床跟过去相比,显得饱经沧桑,油漆已经褪色,像到了风烛残年。

"多宽大的床,坚固得像一艘还没下过水的巨轮。"唐教授说,"跟想象中的一样干净。只是,四十年了,它一点儿也没变。"

唐小蝶躺在我的床上回想往事,深情得像一个少女憧憬未来。

"我根本就没有出国。父亲把我安排在梧州船厂当会计。毕业考试我回过学校,只是你不知道而已。"唐小蝶说,"你去梧州船厂那天,我见到你了。我就在那艘没有下水的巨轮上。那天我在船里哭,埋怨父亲能把那么大的一艘船造出来,为什么不能把我的双腿裁得长短一样呢?"

这么一说,我才相信她是唐小蝶。她没有当几天会计,两年后在母亲的走动下她上了北方某省音乐学院深造。毕业后,在深圳漂了五年,在梧州市文工团待了七年,调到省城后换了三个单位。现在的身份是:省艺术学院的退休教授。跟十一个男人谈过恋爱，离过五次婚。三个月前，她的最后一任丈夫才刚刚病故。丈夫死后，她每天都在人民公园溜达，漫无目的，这一天却意外地遇见了我。她白发苍苍，跟我唯一的共同点就是，对残余的人生时光充满了眷恋。除了身上还有前夫的腐味外，她没有什么可让我嫌弃的。

唐教授说，你不知道这些年我睡过多少张床，但没睡过一天安稳觉。因为我总是遇不到一张合适的床。

我说，我跟你不一样，因为我有一张合适的床，每个晚上都能睡安稳觉，做惬意的梦。

唐小蝶脸上满是羡慕之色，对着床感慨地说，我走过很多地方，这个世界就是一张宽大的床，我每天都从无边无际的床上醒来，每天都发现人生的不同真相……腐败的温床，邪恶的温床，庸俗的温床，有多少坏和恶是从床开始的……

我的床从容、端庄地欢迎她，像欢迎每一个人一样。它从没有拒绝过别人。

唐小蝶用手抚摸了一下床，满意地夸奖：很干净！

我心里想，可惜你来晚了，很多女人睡过这张床了，不必用干净来形容它。

唐小蝶坚信辗转大半生终于找到了理想中的床。为了能长久地睡在这张床上，她要跟我结婚。

我答应了她，我们结婚了。这是我第一次结婚，我发誓，这也将是我最后一次结婚。暮年已至,不适合折腾了。

开始的时候,唐小蝶对床无比迷恋。虽然宽大,但它有边界。她睡得很踏实、放松,可以自由翻滚,可以像鱼在海里一样游玩。我看得出来,她以前从没有幸福、安全地睡过觉。看着她甜蜜的睡姿,我多么渴望她还是一个少女。但事实上,过多的肥肉,尤其是过于累赘的肚皮让她看上去像是一堆流沙。这些我都无所谓,只要她是唐小蝶,甚至只要她自称是唐小蝶,我就心满意足。

我曾经和多得记不清的女人睡过这张床,但从没有做过越轨之事,因此这张床能称之为纯洁、光明磊落。多年过去了,我仍以此为荣。我将这件事情如实地告诉唐小蝶,以为她会相信并与有荣焉,至少不会深究遥远的过去,一一查清楚到底谁睡过这张床。但我高估了女人的胸怀和气度。可能是因为床过于宽大,唐小蝶觉得无聊,她要找些事情跟我纠缠,套我说出她不知道的事情。开始的时候一切都云淡风轻,但伪装几天后,她再也忍不住了,突然爆发,几乎没有商量的余地,让我二选一:一,坦诚公布睡过我的床的人的名单;二,换一张新床。

"我对你有没有越轨的事情并不感兴趣,但我对那些浅薄、自贱的女人充满好奇。"唐教授说,"那么多年过去了,我想知道到底哪些女人上过你的床。"

我感觉到很为难。因为那些爱过我或没爱过我却睡到了我床上的女人都已经成为别人的妻子和母亲,有些也许就在附近过着平静的生活，有的甚至已经离开这个世界。我不能用一钱不值的历史伤害她们，毁了她们的清誉。

"如果你真的感到为难，可以放弃你的固执，选择换一张床。"唐小蝶说。

我说，结婚前我们达成过共识，而且有过口头协议的：永远不能换床……

唐教授说，那你就说说哪些女人睡过这张床。

母亲去世得早，父亲与我相依为命。父亲瘦小，右脚残疾，干不了重活，受尽村人欺凌，忍受无数屈辱。关键是，我家穷。家徒四壁，没有一张像样的床。我以三块松木板为床，睡了十五年，经常梦中从木板上掉下来，在地上继续把正在做的梦做完才重新爬到木板上去做另一个梦。七岁那年，夜里从木板上掉下来摔断了两颗牙齿，我还是坚持把梦做完才醒过来。因而，从小时候开始，我便奢求有一张属于自己的床，让我安全地把梦做完。父亲睡稻草堆，他觉得没有什么地方是比稻草堆更好的床了。在我参加高考前的一天夜里，家里稻草堆失火，我把父亲从火堆里救出来，背进医院，然后奔赴考场。结果在意料之中，我没有考好。高考成绩出来后，父亲被烧黑的脸更黑了。他责怪我说：你的脑袋被烧坏了吧？估计是的，在考场上，我的脑袋烫得像个火球，后来医生对我说，你的脑袋被烤煳了，治不好了。那就不治呗，反正梧州财经学校的录取通知书到了，我进了这所中专读书。被烧得像炭一样的父亲决定奖励我一件最厚重的礼物，也可能是为了表达他的歉意，他花了两年时间，用他能找到的最好的木材，用尽他的智慧、才能和耐心，为我打造了一张床。明式大床，方方正正，三面有围栏，有宽大的床穹。比最大的床还要大。榆木、格木、花梨、橡木、紫檀……什么地方该用什么材料，他都异常讲究。精雕细刻，油光发亮，熠熠生辉，坚不可摧。如果放在过去，只有大户人家才能睡得起这样的床。这是父亲这辈子最引以为豪的杰作。毕业那年，我分配到家乡所在的镇政府工作，父亲和我合力将这张床搬进了镇政府，安放在我的窄小的卧室里。这是我第一次躺在这张床上。父亲坐在床头，用尽了最后一口气，兴奋地大吼三声：祖宗十八代，我家终于出政府官员了！

"即使将来你官至一品，这张床也够用了。"父亲郑重其事地说，"我担心的是你的脑袋不灵光，让别人连你的床都骗走。"

父亲被耀眼的阳光欺骗了，死在从镇政府回家的路上。那场火灾后，他的眼睛十分害怕阳光。那天的午后，阳光出奇地富足。

父亲骑着比他高一截的单车，迎着金灿灿的阳光，唱着高昂的歌，结果还不到乌鸦岭，便一头栽倒在肮脏的沟壑里。被塞进棺材的那天，他依然面带笑容，过剩的自豪感让他的脸不堪重负，乃至扭曲了。我也给他做了一张精美绝伦的床，放在棺材里，祝愿他在自己的床上幸福、安全。

父亲生前没有人瞧得起他,但他去世后,所有的人都对他交口称赞。因为他生前造了一张无与伦比的床。

村里有一个姑娘目睹了父亲造床的全过程。她不是本村的,她是城里人,她的父母被下放改造前将她寄养在我村的一个亲戚家。她不上学了,在村里干农活。她是我十八岁前见过的最漂亮的姑娘。皮肤白嫩,脸蛋圆得像透红的木瓜,丰满的胸脯和健硕的屁股过早地暴露了她的生育能力。我父亲曾对我说,将来你如果能娶上蒋虹这样的姑娘,我代表祖宗十八代感谢你。这个叫蒋虹的女孩,却像是天边的一朵云,飘忽不定,随时可能消失在空中。我以为她很快便回城里去,廉价地嫁给城里人,但直到我上中专她仍在村里。听说她父母已经死了,回城里的路断了,回不去了。每次见到她,我的心里都像是点燃了一堆柴火。但我从不敢正视她,也没跟她说过一句话。直到有一次,她来到我家,看到我平常睡觉的三块松木板,她躺到木板上,直挺挺的,竟然在上面哭了。我不明白她为什么要哭。睡木板不好吗?自从我母亲去世后,我就睡那三块木板,挺好的,安稳,舒适,踏实,多少美梦都是在三块木板上完成的。我愿意一辈子都睡在木板上。蒋虹从木板上下来,她送我一本书,《安娜·卡列尼娜》。那个暑假里,每天晚上我洗去身上的汗臭后,躺在三块木板上读几页安娜,直到因干农活累而迅速睡死过去,书掉到地上,像安娜伺候在我的身边。我把书带到了中专学校,读到最后一页时才发现缺了最后四十页。我知道那是蒋虹留给我找她的理由。寒假时，蒋虹坐在我的三块木板床上告诉我，她是故意撕掉后四十页的，"现在，由我告诉你此书的结尾部分内容，安娜的最终命运。"其实，我已经到图书馆把书读完，我知道关于安娜的一切。但我还是饶有兴趣地听完蒋虹的讲述。她的讲述比书上写得有趣和感人得多。特别是她说话时嘴唇很红很性感，像一朵开在池塘深处的莲花。

"你应该有一张像样的床。"蒋虹很正式地对我说。她也是这样对我父亲说的。

父亲恍然大悟，像一座山听懂了风的暗语。第二天，他便开始千山万水地寻找适合造床的木材。村里人说，他像鸟一样翻越过多少座山，才找到最好的木材。他对每一块木材都异常挑剔，亲自打磨，精心雕刻，精益求精，经常通宵达旦地造床。村里人说，他哪里是在造床呀，简直是造一个人，各个零件像人的器官一样精准。他跟床说过许多话，如果床是一部录音机，每天晚上播放他说的话肯定够我听上一辈子。

是的，蒋虹后来跟我讲述父亲造床的时候，仿佛觉得这张床是父亲为我和她而造的，因此她对这张床充满了感情，也满怀期待。

"我无数次想躺到床上去。"蒋虹在镇政府我的卧室里对我说，"你睡外边，我睡里边。"

那时候，蒋虹已经是镇药材公司的职工，长得比过去更丰腴更娇柔，身上散发着的淡淡的草药气味塞满我的卧室。

　　蒋虹躺到了我的床上，睡在最里面。黑夜很黑，她的眼睛像星星一样闪烁。其实，她穿着薄薄的浅白色的花格棉睡衣，满身都是星光。那天晚上，我喝完最后一盅水，小心翼翼地躺到床上去。相比那三块木板，这是一张宽阔无边的床。我和蒋虹即便睡在同一张床上，也能相隔千山万水。她试图靠近我，但仿佛因为中途过于遥远让她力不从心，到了半路便泄了气。我像僵尸一样躺着，没有迎合，甚至连眺望的勇气和冲动也没有。整整一宿，除了双腿偶尔有伸缩，再也没有多余的动作，甚至连翻身也极少。

　　躺在床上，睡觉便睡觉，这是我的原则。而且，尽管床很宽大，但我只躺在靠床沿的那小块地方，也就三块木板宽，即使翻身，也是在原地完成，像草原边上的一棵树，宽阔跟它没有关系。床有三分之二是多余的，空荡荡，我偶尔将床单或衣服搁在那里；偶尔想起的时候，我会用毛巾擦拭一下空荡荡的席子，除去厚厚的灰尘。蒋虹第一次躺在我的床上之前，我便用力不断擦拭，直到她确认床已经比我的身子还干净才罢手。

　　第二天晚上，蒋虹再一次躺在我的床上。她勇敢地将手搭到了我的胸脯。多么柔软的手！淡淡的药材芳香，她呼出来的气息缠绕着我的脸，我的胸脯像群山一样起伏，可是，我坚定地僵躺着，没有越雷池半步。蒋虹的自尊心受到了挫伤。

　　"你怎么啦？"她问我。

"没有什么呀。"我回答。

"是床不够好？"她问。

"不是。床很好。"我回答。

"那说明你不喜欢我。"她说。

"不是的。一躺在床上我便进入梦境。"我说，"我必须不间断地把梦做完。"

我说的是真话。这张床很踏实，连做梦也很安全。我没有其他癖好，做梦是我最大的乐趣和享受。父亲做床的时候可能也没有想到，这张床是最好的造梦空间。梦境千姿百态，奇妙无比，比现实精彩太多。我太喜欢做梦了，而且，我不喜欢任何人以任何理由把我的梦境中断。

"难道你要我主动爬到你的身上？"她说。

"你不能那样。我不允许。"我说。

"你是不是另外有人了？"她问。

"没有。"我说。说的时候，我犹豫了一下。因为我被她的话击中了。

是的，在中专一年级上学期，我遇到了一个叫唐小蝶的女生，财会专业的，学校话剧团的业余演员。她比蒋虹漂亮、阳光、洋气、高贵，浑身上下洋溢着才华和智慧，像女神一样，在我没有见过她之前，她已经在我的梦境里反复出现过，总是在江河的对面召唤我，若隐若现，像电影里的场景。我无法在梦境里捕捉到她的真实面目，我想，那是因为我的床太小。小床做不了盛大奢华的梦。第一次见到唐小蝶时，我简直不敢相信自己的眼睛，她终于从梦境中走出来跟我在现实中相见。可是，她有明显的缺陷：左腿比右腿长，走路一高一低，样子很难看。但我喜欢她。如果不是因为瘸，我还不敢喜欢她。那时候，为了靠近她，我希望有人把我的一条腿打瘸，让我也拖着腿走路，看上去跟唐小蝶是天生一对。话剧团在征集原创剧本。我写了一个，我的语文老师拿给话剧团。唐小蝶看完说这是她一直期待的剧本。因为剧本是为她量身定做的，女主角就是一个腿瘸的公主，她一辈子都想拥有一张属于自己的宽大奢华的床，所有的梦想都能在床上实现，是一则类似于《等待戈多》的荒诞剧。剧本很快排演了。唐小蝶扮演剧本中的女一号。话剧排演效果看起来很成功，一个月后在校庆的晚会上演出获得了最佳节目，唐小蝶获得最佳表演奖。唐小蝶约我到离学校三里地之遥的青岛路咖啡店坐坐。她再次赞美我的剧本："你真的很有才华。"整个下午，她都在谈戏和梧州的历史。她是梧州城的市民，祖上是桂系军阀的高级将领，参加过北伐，在台湾担任过高官。父亲是造船厂的设计师，母亲是梧州话剧团的台柱。她问我父母是干什么工作的。我如实说了。我说我父亲正在造一张世界上最大的床。她笑得很真诚，不像是嘲笑。尽管我和她面对面，中间只隔着三十公分，但这是世界上最遥远的距离。走出咖啡店，唐小蝶当众给我一个拥抱。她的胸脯紧贴着我的胸脯。我害怕，然后分开。但我害怕就这样永远地分开。"我想看看你父亲造的船。"我赶紧对唐小蝶说。梧州造船厂是一个很有名的企业，就在西江边上。唐小蝶说，可以的，有机会我带你去看看。当天夜里，我给唐小蝶写了一封很长的信，跟她说到了有她的梦境，说到了浩瀚的江河。第二天一早让话剧团的导演老师转给她。第三天她在剧团的门口对我说，我也很想看看你父亲造的床。我给父亲写信，请他加快工程进度，因为唐小蝶随时可能去我家看床。然而，世事并不掌握在我们的手里，父亲回信说，造床不比造船简单，不能偷工减料，不能压缩工期。出乎意料的是，唐小蝶很快便被她父亲安排出国去了。她不辞而别。她应该是从梧州码头乘船去香港，然后从香港去美国。她从我的现实中消失，重新回到了我的梦境。毕业之前，我独自去过梧州造船厂。那天我果然看到一艘巨大的货轮躺在比它体型更巨大的厂房里。它已经完工，快要下水了，工人正在给它上漆。我仰视着它，觉得唐小蝶根本就没有出国，可能就被困在船上。我朝着船大声呼喊：唐小蝶……一个气度不凡的中年男人朝我走过来，我怯怯地迎上去问："你是唐小蝶的父亲吗？"他莫名其妙地瞪了我一眼，不置一词，背着双手，傲慢地走了。很快，一个保安恶狠狠地将我轰出造船厂。我回头再看那艘巨轮，心里想，我的梦境未必能装得下。因而，我很怅惘，我希望父亲把我的床造得足够大，足够开阔，容得下我做的那些很大很大的梦境。江面很浩大，像海面一样。江水很长，一眼望不到尽头。我跳上一条小客船，船很慢，像一条在湍流中艰难逆行的小鱼，感觉它是静止的，像一张还算宽敞的床，我跟大多数乘客一样睡着了，还做了一个长长的梦，梦见唐小蝶就坐在我的对面，我努力去看清她的面孔……那么多年过去了，我仍然觉得那条小船一直没有靠岸，仍在江面上挣扎、漂泊。

蒋虹缓缓从床上起来，穿上衣服，用充满悲悯的语气对我说了一句："有空你去看看医生，你的脑子可能还能治。"然后摔门而去。出门后她用毛巾蒙着面，趁着夜色逃遁，连门卫也看不清她到底是谁。

蒋虹一离开，我躺在床上左思右想。我肯定是在哪里出了差错，但谈不上懊悔和愧疚。我只是纳闷，当初那么喜欢蒋虹，但为什么唐小蝶轻易便取代了她？为什么一个唾手可得的女人睡在我的床上我却不为所动，而对一个远隔重洋根本不可能挨近身边的女人充满幻想？是的，我怀疑爱情，怀疑自己就是从那时候开始的。我一辈子都没有对自己信任过。

让我窃喜的是，蒋虹的离去让我的床恢复了宽大，我像太平洋里一条无欲无求的鲸，尽管偏安一隅，却无比自由，轻松，踏实，每一个梦都得以飞翔。

两个月后，蒋虹调往县城，是临行前才托人告诉我的。后来听说嫁给了县文工团的一个中年戏子，做了别人的后妈。我应该向她道歉，我愿意在她的面前狠狠地掴自己的耳光。可是，她像唐小蝶一样不辞而别。她睡的都应该是新式床，也许软绵绵的、有弹性的床垫更适合她。

祝愿蒋虹在别人的床上幸福、安全。

从此以后，我的床在形式上失去了贞洁，就像一辆公共汽车，不断有女人睡过，也有男人睡过。得到的报应是，我的梦境中再也没有出现过唐小蝶，无论我如何努力，她就是不露面，茫茫江水滔滔向前，对岸空无一人。这样的结局让我萌生恶意和妒忌：难道她在美国人的床上也幸福、安全？

自从我在镇上工作，我的远房表姐每次从茶山到镇上，逛街便永远忘记时间，直到天黑了才想起回家。但要从镇上回到遥远偏僻的茶山，得走三四个小时。路上有蛇、野兽、强奸犯和传说的鬼魂。她只好提出在我的床上过夜。

"你爸造这张床，我有给过木头。我认得出来，四根床脚就是。"表姐仔细端详一番我的床后，辨认出了自家的木头。

我有什么话说呢。小时候，我就经常睡在表姐的床上。她帮我洗过澡，扯疼过我的小阴茎。我从没把她当女人。

过于宽大的床占据了房间的绝大部分空间，连打个地铺都没可能。

表姐心安理得地躺到我的床上，跟少女时代不同的是，她话少了许多，倒头便睡，手和脚尽情地摊开，像一只仰面朝天的青蛙。

　　第二天表姐慢吞吞地起床，吃过面条才回家。她比我大好几岁，嫁给山里人后，她也变得比较粗壮，已经是两个孩子的母亲。开始的时候，我会到值班室跟老贺挤一张床，后来老贺的老婆经常来陪他过夜，我便无处可去。办公室本来可以睡觉，但换了镇长后，任何人都不能把办公室当成卧室了。表姐了解我的难处，对我说，你哪里都不用去，就跟表姐睡在一起，这么宽大的床能睡得下十个表姐。

　　我就跟表姐睡在一起。我睡外头，表姐睡里头。表姐睡觉打鼾，比门卫老贺还响。第二天醒来，她问我，昨天我没有碰你吧？我说没有。你也没有碰我？表姐问。我说没有。这样就对了嘛，表姐说，床宽大有宽大的好处，即使是两夫妻睡在同一张床上也像是分居。有时候，表姐带着她的两个孩子睡到我的床上，孩子们睡中间，我和表姐像平常那样睡两头。夏天闷热，孩子们不愿意夹在两个大人中间，要睡外头。我不肯。他们便妥协，睡里头。表姐只好睡中间。于是，我和表姐就挨着一起睡。此时，床才不显得宽大，甚至有些局促了。表姐穿着睡衣，心无旁骛地呼呼大睡。半夜里我醒来发现表姐的一只手和一条腿搭在我的身上，当然，她巨大的胸脯也紧贴在我的背上。为了不影响她的睡眠，我一夜不动弹，装得像死了一般。

两年后，我调离了镇政府，到县城里去了。表姐帮我拆床，装到卡车上去。卡车开动，我坐在副驾驶上，表姐哭着对我说，你不把床留下，今后我睡哪里？

我从没有考虑过表姐提出的问题。床是父亲留给我的最重要的东西，我必须一辈子带着它、睡它，否则父亲的努力就白费了。离开镇后好多年，我常常担心表姐还是那么贪玩吗，会不会铤而走险冒着夜色赶路回家？

县单位分给我的房子比镇政府给我的房子还狭窄。好在还能放得下这张宽大的床。

第一次见到我的朋友胡安之是在县汽车总站对面的小公园里。公园有几棵樟树，也有几棵红豆树，还有几根竹子。在树和竹子之间有一个流动书摊，上面摆放的99%是黄色书刊，封面都是淫荡的女郎和下流的标题，但也有几本像《收获》《十月》那样的旧杂志，那是难得的清流。我好奇地问书摊老板："旧文学期刊能卖吗？"他说，以前还能卖一些，现在卖不动了，还是黄色书刊好卖。我说，你不是在贩卖书刊，而是在贩毒。老板笑呵呵地说，一些精神鸦片而已，危害不大。我拿着一本1987年第3期的《收获》跟他讨价还价。我的床过于宽大，我得放几本有品位的书刊让床显得充实、沉稳。这本十年前的杂志，他要我两元。我只能给他一块。

"不行，你还得请我吃一碗粉。"他说。

一碗没有肉的素粉五毛。时已黄昏，他收拾书摊，把装书的三轮车推进旁边的印刷厂，跟随我到西门口，结果，我请他吃了五块钱的猪脚和粉。饭毕，他从口袋里掏出一张皱巴巴的名片：书商胡安之。就这样我们成了朋友。

我在县地方志编撰办公室当编辑。胡安之说，在古代，如果在中央上班，你就是翰林编修。因此他称我为冯编修。

"冯编修，我要做大事，我将来是要写入县志的。"胡安之说。

胡安之隔三差五找我聊天，主要是鼓动我到外面去看看世界，就算不看世界看看女人也好，而且都是快到饭点的时候才走进我的办公室，我不得不带着他去路边小摊吃粉。方志办跟妇联、文联、残联在同一个小院子，前院办公，后院住宅。我的办公室在前院六楼，宿舍在后院六楼。门卫是一个肥胖粗壮的妇女，上班经常呼呼大睡，保安室形同虚设。有一次，一个收废旧的老头趁我上厕所之际把我案头的一堆发黄的旧稿件理直气壮地装进他的印有复合肥字样的蛇皮袋里，堂而皇之地走了。那是上一任"编修"花了半辈子心血撰写的成果，退休前郑重其事交给我，如果在我的手里丢了，领导会杀了我。但确实丢了。我犹如五雷轰顶。领导暴跳如雷，而且报警了。事情的转机是那天胡安之又来办公室要蹭我的饭，在院子门外碰到了那个收废旧的老头。老头卖过旧杂志给胡安之，两人都占过对方的便宜，因此互相认得，又互相警惕。胡安之从我办公室旋风一般追出去，花了整整一个下午，差不多把县城翻了个底朝天，才在郊区一个破烂瓦房里找到那个老头，把稿件追了回来，救了我一回。也因为这一回，胡安之吃定我了。我不仅常常请他吃粉，还把我的床让一半给他。

除了卖黄色书刊，我从没有发现胡安之干什么大事，没有任何迹象可以表明他将来能进入县志。相反，他对我说生意越来越难做，最近连看黄色书刊的人都少了，快要养不活自己了。雪上加霜的是，他的书摊终于又一次被扫黄打非大队连车带书一起没收，他给大队长送了一条万宝路香烟也没有赎回来，因为大队长已经能识别假烟。胡安之还想博取房东的同情，但房东把他踢出门外，让他无处安身。他说他在印刷厂的屋檐下过了两三夜，蚊子和老鼠让他根本无法入睡。因此，他跟随我走进了我的房间，眼前宽大的床让他惊喜交加，相见恨晚。我本来对与男人同床充满排斥，但我经不起胡安之死皮赖脸的恳求。他睡里面，我睡外面，井水不犯河水。如果这样相安无事地帮他度过困难阶段，也是功德一件。但胡安之一个早年的女朋友从村里跑到县城找他，死活不肯回去，要跟他一起过。

我带着胡安之先生跑遍了整个县城甚至郊区，也无法找到合适的房子可租。因为胡安之身上没有钱。我微薄的工资仅能养活自己，无法资助他安居乐业。

"你总不能让我和女朋友蹭收废旧老头的床吧？"胡安之先生说，"现在我只是缺一张床而已。"

因此，荒唐的事情竟然在我床上发生了。

胡安之和他的女朋友跟我一起睡在同一张床上。我睡外头，他睡中间，他的女朋友睡最里面。

"冯编修，你看，我们三个人睡在一起，床还显得无比宽松。"胡安之说的时候还厚颜无耻地笑。

胡安之的女朋友夜尿多，半夜里起来跨过我上完厕所又回来，我必须装作毫无察觉的样子。更甚的是，胡安之以为我睡死过去了，竟然乘机爬到他的女朋友身上，用手捂住她的嘴，干他想干的事。我在梦里都恶心得要吐。

有一天晚上，我躺到床上，发现胡安之的女友也早早躺在里面了。我说，胡安之呢？她说，逃跑了。我说，为什么？她说，他偷了你的钱。我把我的枕头翻了几遍，昨天才领的工资竟然不翼而飞。我气急败坏。她说，我也不知道他会干出这种伤天害理的事，但他说会还给你的。我说，滚！她说，我不能走，胡安之说，他已经把我抵押给你了，让我继续睡你的床……

我说，我不需要你抵押，你走吧。

她说，你容我再住几天，等春雨停了，山里的路不滑了，我再回乡下去。

我心软了。让她继续睡在我的床上。但我跟她相安无事。像我一样，她也是原地翻身。我们都当床中间空阔的地带埋了地雷，谁也没傻到以身试雷的地步。

一个星期之后,春雨停了,春光明媚了,胡安之的女友从床上起来,当着我的面换了衣服,跟我告别,由衷地说,大哥,你是一个好人。

两年之后,春雨绵绵的一个黄昏,胡安之突然出现在我的房间。在我发怒之前他把偷我的钱悉数归还,塞到我的衣兜,额外还送我一块看上去挺不错的电子手表。

"德国的,全球限量版。"他留了长发,穿牛仔裤和"波鞋",抽着万宝路香烟,操一口能以假乱真的粤语,显得吊儿郎当,但也人模狗样的。

"发财了?"我说。

"谈不上。"胡安之回答。

我问他这些年都去哪儿了?他说,深圳,卖碟,卖……现在回来想在县城开一个录像厅。我说,不好吧?没有靠山做不了这一行。他说,县公安杨副局长是我的远房表哥。我说,那应该行。在笑贫不笑娼的年代,做什么生意都理所当然。

"我女朋友从你这里回去后第二年便生了一个女儿。"胡安之说,"她说,不是我的种。"

我正想安慰胡安之什么,他举起右手用力一挥,像切一只很大的西瓜。

"我见过她的女儿,长得像你。"胡安之声音低沉地说,看上去,他很生气,饱受屈辱。

我断然否认。站起来发誓说，虽然我跟她单独睡在同一张床上，但除了睡觉，各做各的梦，没有发生任何逾矩的事情。

胡安之说："我们都是读过书的人，心照不宣吧，都不必太较真。只是她从你这里回去后急匆匆嫁了一个乡下的酒鬼兼赌棍，日子过得很艰难。她女儿面黄肌瘦的，只剩下眼睛和鼻子还像你。"

我说："那能怎么办？"

胡安之说："每月你可以给她寄点钱，多少无所谓，求个心安……"

我特别不能理解，凭什么让我给她寄钱？

胡安之说："看在曾经同睡过一张床的份上。"

胡安之话里有话，语气透着一股狠劲。他变了，浑身冒着戾气。

世界在变，但我还是原来的我，床还是原来的床。我发现我和世界的距离越来越大，刹那间有一些恐惧感。胡安之留下一个挺长的地址，收款人为梅春雨。当天我便给她寄了第一笔款，还把邮局的收据给胡安之过目了。

胡安之真的在城南靠近汽车总站的街口开了一间录像厅。他说有几个股东，公安局杨副局长也拿些干股。他晚上上班，白天睡觉。从此，我的床白天他睡，晚上我睡，像三班倒。我的邻居是一个老太太。有一天她告诉我，你的朋友经常带不同的女人回来，大白天的，经常传出淫叫声，你的房间变成录像厅了，有孩子的邻居都有意见，你得管管，否则她们告到你单位领导去。此事我不知道如何处理。大概一个月后，胡安之在一次涉黑的打斗中被乱刀砍死，我的床才恢复宁静。我把席子换了，把床架和床板狠狠地擦拭了好多遍。邻居的老太太夸我的床宽大，床很好，只可惜被我的朋友糟蹋了。不久，我被单位安排到省里去培训一个月。老太太知道了，一下子变得像十八岁时的姑娘那样扭扭捏捏，对我极尽献媚之态，嗲声嗲气地跟我说，我家女儿女婿回来了，暂时没有地方住，我想借你的床给他们睡一个月，你学习回来我们马上退还。为了弥补我的过失，挽回我的声誉，我同意了。一个月后，我从省城回来。老太太把我拦在门外说，床能不能再借几天？他们过几天便走了。我说，那我住哪里？老太太说，我跟保安室的胖姨说了，晚上她回家住，你睡她的床。我正要反问，老太太说，她的床太窄小，睡不了两个人。我只好住到保安室，睡在胖姨的床上。那是我这辈子睡过的最臭最脏乱的床，我竟然连续睡了四天，你不知道我多么想念近在咫尺的自己的床。胖姨提醒我说，老太太的女儿女婿要在县城找工作，不知道要睡你的床睡到什么时候。当我向老太太求证时，老太太说，是的，不过快找到工作了，一旦找到，马上搬走。又过了几天，老太太再答，快了。我心里打鼓，实在不能再住保安室了，但当我索要我的房间钥匙时，老太太终于露出了狰狞的面目："不给。你的朋友能睡你的床，我家女儿女婿也能睡。大不了你们三个人一起睡。反正你不能赶跑我家女儿女婿。"

老太太的女婿人高马大，一脸横肉，对我凶相毕露，说话时眼珠子快要崩出来了："我们就恋上你的床了，不行呀？你真敢驱逐我们？"

我不敢。我只好继续住保安室，直到有一天我托关系在教育局职工住宅小区找到了一套二居室，趁老太太的女儿女婿外出之机，我的三个同样胆小的朋友一脚踹开房门，以迅雷不及掩耳之势把我的床拆了，装上小皮卡，逃之夭夭。在这过程中，老太太凑近我恶毒地对我骂个不停，说我长期两男共睡一女、窝藏黑社会、用公房卖淫嫖娼，藏污纳垢，道德败坏，丧心病狂……把我追骂到大门外，还硬要把我的床截留下来，幸好小皮卡马力足，跑得快。

五年后，我已经调离县城，到了省方志办工作。我的床也跟随我到了省城。县里的朋友都笑话我，省城里什么床都有，不必把这张笨重的过时的大木床搬到省城去了。我说，它是父亲送我的礼物，苟富贵，莫相忘，我不能丢下它。在离开县城前的五年间，我谈过几次恋爱。先后有六七个女孩子睡到我床上，但先后都离我而去，原因各有差异，有的嫌我迂腐，有的觉得我的脑袋不灵光，有的嫌我小心眼、是只会读书的呆子，竟然有的认为我是性冷淡甚至性无能。还有一个，我们已经到了谈婚论嫁的点上，可惜她最终因为不能接受一辈子睡在这张床上而选择分手。但是，我没有跟她们发生过不正当关系，即便她们主动爬到我的身上，我也无动于衷。我决不会在婚前发生性行为。在朋友中间，我早成为一个笑柄。

我的态度异常坚决，也是原则问题："我决不会在婚前发生性行为。"

"那我们结婚吧。"

我说："结婚必须有感情基础。"

"你对我没有感情基础？"

我说："暂时没有。"

"那什么时候才有感情基础？"

我说："等。"

"要等多久？"

我说："我不知道。也许吧……但这张床随时欢迎你。"

为此，我收获过响亮的耳光，还有人差点将我的床一把火烧了。

现实与梦境的距离比床宽大得多。

在朋友们中间，在整个县城，我早成为一个笑柄。但在原则面前，这些算得了什么。

到了省城，我依然住公房，一厅一房，对我来说已经够了。

只要放得下我的床,我就满足。我换了蚊帐和席子,花哨一些的,粉红色的蚊帐,不再用草席、藤席、竹席,改用高档亚麻凉席。扔掉决明子枕头,改用乳胶枕头,印有中国风图案的蚕丝枕套。看上去,床的面貌焕然一新。我想我必须改变自己,好好找一个女人过日子了。

在省城里我举目无亲,觉得很孤独。车水马龙,灯红酒绿,十个县城加起来也没有这里热闹,可是跟我有什么关系呢?我有一份工作,有一张宽大的床,我已经很满足。夜深人静的时候,透过破旧而视野狭窄的窗口看万家灯火,我也会想起父亲,想起表姐,想起蒋虹,想起唐小蝶,想起我的朋友胡安之,以及从我的床上拂袖而去的女人。我觉得我比她们都幸运、幸福、安全。对着别人紧闭的窗帘,我不经意间从心底里发出笑声,脸上露出谁也看不到的笑容。

我曾经在衡阳路的街头偶遇一个酒后痛哭的女人。她坐在一棵香樟树下,浑身散发着酒气,头发凌乱,衣衫不整,还吐了一地。路灯将她的丑态暴露在来来往往的人面前,但没有谁愿意理会她。我将喝剩的半瓶矿泉水递给她,让她洗洗嘴边的污秽物。她一把抓住我的手,止住了哭,用力拉我,自己顺势站了起来。

"我送你回家吧。"我动了恻隐之心。

好呀,她说。她站不稳,偎依着我。臭气将我熏得想呕吐。

你家住哪里?我问。她往前指了指。我搀扶着她走过了遵义路、延安路，拐过普陀路。

你究竟住哪里？

她指了指一个即使黑夜也掩饰不了它的破落的小区。这是我家呀，美女。我说。

就是回你的家，因为我在这个城市没有家。

我把她带回家，她"老马识途"地走进浴室洗澡。我把床的另一半让给这个女人。那时正值炎夏，她赤身裸体地躺在我的床上。她是一个身材好得无可挑剔的女人。她用脚不断挑逗我，我都装作睡死的样子，不为所动。她在我家待了四天。白天，我每次出门都嘱咐她，走后请帮我把门关上，谢谢。可是，每天晚上回来，她还在我家看电视。

"我饿了。"她说。

我得煮面条给她，每次都加两只鸡蛋和很多的辣椒。第五天，当我往她的碗里加了四个蛋和更多的辣椒时，她明白我的意思了。

"好吧，我走。"

我把她送出门。她说她是成都人，是到这里寻找她的前男友的，可是他已经结婚生子。不出意料，她也赞美我是一个正人君子。这是我听得最多的赞辞，虽然对方说得真诚，但我心里不以为然。

不瞒你说，我曾经拥有一段短暂的爱情。在衡阳路有一家全国连锁的洗脚店。店员全部来自陕西丹凤，除了管账的是一个中年妇女，其他都很年轻，大概是二十岁出头的样子，女的居多，她们说的全是丹凤方言。很多时候，我光顾这个店就是为了听她们说话。她们说的话很好听。她们之间插科打诨，打情骂俏，或与顾客之间的调侃胡聊，都让我觉得好玩，使我开心。其中一个戴眼镜的女孩，落落大方，在顾客和同事中间游刃有余，仿佛她才是洗脚店的老板。给我洗脚的时候，我一下子喜欢上她了。她说她二十一岁，姓贾。结过婚，生有一个女儿，才一岁，留在家乡的让父母带。因为女儿的爸爸跟别的女孩好上了，春节前刚离了婚。每次光顾，我都点名要小贾给我洗脚，因为她手艺好。后来我们熟悉了，跟她聊的话题多了。我做了一些功课，翻阅了丹凤县的县志，跟她聊丹凤的掌故，店里所有的店员都惊讶我怎么知道那么多。小贾对我有了些敬佩，有一次我悄悄对她说，我喜欢她，想照顾她们母女。小贾的脸红彤彤的，不敢抬头看我，但她用力捏了捏我的脚踝，像谍报员发送密电。有个周末的早上，小贾应邀来到我家。因为我跟她约好了的，请她给我做一顿丹凤饺子。我给她打下手，切韭菜，绞烂瘦肉。她弄饺子皮，做配料，包饺子，跟我说丹凤饺子的做法跟这里的有什么不同。毫无疑问，这是我吃到的最好吃的一顿饺子。小贾对我的房子很感兴趣，尤其是对有民族特色的装饰，壮锦、刺绣、京剧脸谱等等。当看到我的床时，她却笑了："像我们丹凤的大土坑，睡得下两家子的人！"

我猜不透小贾是赞美还是嘲笑。她小心翼翼地躺到床上，翻了一个滚，像小孩一样，然后赶紧下来，说，比炕舒服。

此后，小贾还来过三次我家，不是做饺子，而是向我借钱。她说她女儿生病了，得赶紧给家里寄钱。她那点工资不够。她要多少，我就给她多少。当然，她每次都不多要，每次都很焦急。但无论多么焦急，临走前她都紧紧地抱紧我，让我也抱紧她。她还是少女，浑身散发着早熟的气息。最后那次，她又躺到了我的床上，双手交叉握着肚脐，闭上眼睛，喘着粗气，剧烈起伏的胸脯在召唤我。

我犹豫了。其实我是想迎上去的，然后跟小贾结婚，把她的女儿接过来一起生活，我会把小贾的女儿一并照顾得很好。

小贾在床上哼了一声。

"这个时间邮政局开门了，你赶紧给家里寄钱，耽误不得。"我站在床前劝她，是真劝。

她迟疑了一会儿，起来，生气地瞪了我一眼："我错了，我以为你是丹凤男人。"

我还没有琢磨清楚丹凤男人究竟怎么样，小贾已经夺门而去，眨眼工夫便消失在我的视野里。

我给小贾准备好了一套带有刺绣的蚕丝被。曾经有很长的一段时间，我把床的另一半一直为小贾留着。我想象过无数种小贾的睡姿。我敢肯定，我爱上了小贾。

两天后,我去店里。店里的人说,小贾回老家照顾女儿了。我以为她会回来的,但小贾离开之后再也没有回来。大概是半年后,店里管账的中年妇女转给我一笔钱,说是小贾还给我的。我推辞再三,却无法拒绝。我向中年妇人要小贾家乡的通信地址,她告诉我,小贾在家乡又嫁人了,你不必挂念她了。

从此以后,除了对唐小蝶偶尔还有惦念,我对爱情再也不抱什么幻想。在省城里,我兢兢业业,又庸庸碌碌。世界在变,什么都在变,唯独我和我的床一直唇齿相依,彼此没有分离。我从不外出旅游,也很少出差。偶尔离开这个城市,也不会超过三天便马不停蹄地赶回来。因为在别的床,哪怕是五星级宾馆的卧榻,我都根本无法安然入睡。

我也有过寂寞。每天晚上我都是一个人睡在这张过于宽大的床上,有时候孤独得像睡在另一个星球,在梦境中经常一个人游走在无边的荒原,我需要一个陪伴我度过漫漫长夜的人。我曾经在报纸上登过广告:我愿意给无家可归者一个床位,男女肥瘦不限,老少皆欢迎。我是真诚的。可是,应者寥寥。难道世界上没有流落街头的失意人了吗?当然,也有按线路图找上门的人。有一次是一个高瘦老头,脏兮兮臭烘烘的,还提着装满废品的麻袋。我热情接待他,给他煮了一大碗燕麦面,在冬夜里吃得烟雾缭绕、大汗淋漓。还让他洗了一个时间超长的热水澡。他睡在我的床上,对床的宽大赞叹不已。他哽咽着向我讲述他的经历和困境,让我仿佛也额外经历了一次坎坷辛酸的人生。天一亮，他就起床了，说赶紧去拾荒，去晚了，好东西都会给别的老头捡完。我恳请他晚上继续回来睡我的床。如果他愿意，我可以把他当父亲一样伺候他，让他感觉睡在自己亲手打造的床上。可是他说，不了，你的床虽然宽大，但房子太窄小，比不上睡桥洞舒服。后来，老头还回来过一次，吃完我煮的面，擦了擦嘴巴便走了。他说我煮的面条是世界上最好吃的，回来一趟就只为了吃一碗面。

通过这张床，我明白了许多人生道理。比如，孤独和痛苦都是身体的组成部分，是无法割掉的，更不能归咎于床过于宽大；世界之大，有时候莫过于一张床；无论床多宽大，也只是睡在方寸之间……道理弄明白了，人生便过得很豁达、惬意。

我的身体一直很棒，腰板很直，睡得安稳，每天醒来都精神饱满，气定神闲，而且每天的梦境从来都比现实精彩，我认为我的人生活得比别人丰富、宏大、辽阔。我与世无争，世界对我不薄，这辈子虽然碌碌无为，一事无成，像一只蛤蟆龟缩在床上，但没有经过大风大浪，所有的苦难和厄运都没有降临到我的头上，连被我得罪过的人也没有，我过得很充实，很知足。这得归功于这张床。它像一艘巨轮一辈子都行驶在风平浪静的海面上，避开了所有的冰川和礁石。

一晃，不知过了多少年。如果没有人通知我办退休手续，我都不知道今夕是何夕。

是的,我的表姐曾经到过省城来看病,宫颈癌晚期,在我的床上睡了一晚,跟我诉说完一生的悲与苦,第二天便匆匆回去了,她说省城治病死贵。三个月后便传来表姐的死讯。我在我的床上,她睡过的地方,放了一束黄菊,以此悼念我的表姐。蒋虹在三十八岁那年才离婚,改嫁一个瓷器店的老板。有一次,她带新婚的丈夫到我家,因为她丈夫一定要看看我的床。看过床后,她丈夫用力擂了擂床板,说了声:"谢谢!"退休那天,我决定终止给胡安之的前女友梅春雨女士寄生活费。上个月,梅女士给我寄过她女儿的照片。照片上那个女孩根本就不像我,没有一处跟我相似。梅女士说,其实这个女孩是胡安之的,请不要再给她寄生活费了。如果哪一天孩子的生活好过了,她会让孩子把这些年我寄的生活费全部退还给我。我回复说,不用退还,就当我帮我的朋友胡安之照顾你们。梅春雨最近来信了,言简意赅地说,谢谢!

　　我的善意并非没有回报。在六十岁生日这天,我遇见了唐小蝶。

　　是的,我的一生朝着完美的方向滑去。在我眼看就要孤独终老的时候,曾经日思夜想的唐小蝶在世界的外围转了一圈又一圈,终于回到了我的床上。每一天跟她睡在同一张床上,我经常喜极而泣,心里一万遍感谢父亲,感谢那些没有嫁给我的女人,让我等到了梦想中的女人。

　　这是世界上最幸福的床。每当黑夜来临,这张床就让世界安详下来。我请唐小蝶上床,让她睡在里面,我睡床沿外头。我本以为我和唐教授可以平静安然地度过余生,但事情没有那么简单。也许,漫长的风平浪静是为了六十岁后的惊涛骇浪积蓄能量。

问题还是出在床上。

在我睡着前,唐小蝶总要唠唠叨叨、重重复复地给我谈她的充满遗憾的一生,仿佛在此之前的日子全白过了。开始的时候,听着听着,我竟然潸然泪下,把枕巾浸湿。后来,我发现她对床的偏见和敌意仿佛是与生俱来,把之前睡过的床批得一无是处,仿佛一辈子都被床折磨,受尽屈辱。我开始为床辩护,为天下所有的床辩护。

矛盾因床而起。

"可是,睡在她们曾睡过的地方我感到恶心。梦里我都能看到她们嘲笑我。"老年的唐教授比年轻时固执、专断太多,远没有做到豁达、慈悲,原来先前说的都是假的,经历过的伤痛都白经历了,"你必须把床换掉。否则,我要换个地方睡觉。"

唐小蝶每天都这样闹,没完没了。

说真的,我后悔了,但我爱唐小蝶。这一生,我总得爱一次。为了我的余生跟前面那样风平浪静,我做出这一生最大的妥协:换床。

我和唐教授一起去富安居家具市场买了一张尺寸正常的新床。

新床是普通的新式床，榉木床架，睡宝床垫，长两米，宽一米五。她睡里边，我睡外边。这张床适合我瘦削的身材。唐教授也说床好，宽狭恰当，软硬适中。

祝愿唐教授从此在我的新床上幸福、安全！

只可惜跟随我四十年的老式床，像身上的一块肉离开了我。旧家具市场像一所孤老院，我的老式床被我遗弃在那里。一个月内，我曾经每天中午都到小区门口对面的麻家庄站乘坐34路公交车，经过一个小时的颠簸，来到旧家具市场，远远地看着宏达旧货贸易市场乱七八糟的地面，我的旧床就混杂在旧冰箱、旧沙发、旧餐桌之间，但因为它确实独一无二，显得鹤立鸡群。它是一件工艺精湛的艺术品，有故事，有温度，有情感。我害怕老板将它卖给庸俗粗野的油腻屠夫或品行不好的人，或者干脆拆了当柴火用来烧烤狗肉。有一天，我来晚了，我的旧床不见了。老板说，卖给了一个北京来的有涵养的家具收藏家……祝贺你，你的旧床远走高飞了。太好了。我放心了。从此以后，我再也没乘坐过34路公交车。

但我的家庭生活并没有想象中那样风平浪静。问题还是出在床上。我的妻子，也就是才华横溢的唐教授，在生活中明察秋毫，斤斤计较。她每次擦拭卧室地板的时候，总是无法擦掉旧床留下的痕迹。因为旧床太过宽大，新床无法覆盖它留下的空白。地板上总是有四只旧床留下的脚印，每次擦拭都明明已经擦得毫无痕迹，但地板一干，它们又慢慢露出来了，渐渐清晰，像两双死不瞑目的眼睛。唐教授终于生气了，说把木地板换了吧。我说，不换吧，新地板有异味，受不了，而且旧地板也没有什么罪过。几经争执，我仍然不同意换地板。唐教授只好忍气吞声，不了了之。但她说，奇怪了，我睡在新床上，感觉像睡在狭窄的笼子里，越睡越窒息，像一条被卡在石缝里的鱼，或搁浅在黑暗的沙滩上，进退不得。

几天下来，唐教授像一条过于疲惫的老狗，走路都摇晃，仿佛一张失控的船漂在海面上。唐教授终于后悔了，对我求饶说，我受不了新床，我错了。

我说，唐教授，你想听听我的感受吗？自从换了新床，我再也没有合过眼，连梦境也消失了。只有现实没有梦境的生活是坚硬的、冰冷的，身体和灵魂都无处安放。这不是人生！

我意识到，如果这样下去，我将不再有余生。

"你还是把它找回来吧。我们不如睡在原来那张床上，尽管它过于宽大，但有边界，像一艘船。我喜欢船。"

唐教授向偏执、自私、嫉妒的内心妥协了，信誓旦旦地说，"为了抵达人生的彼岸，我必须接受这艘曾经沧海的船。"唐教授的幡然悔悟固然让我十分欣慰和感激，可是，去哪儿找回那张床呢？

推销员

SHI YANG ZHEN DE HAI

我刚钻进被窝里午休,忽然有人敲门。开始敲得较轻,我以为是风吹。后来敲得声音越来越大,越来越急促。我很不耐烦,而且有些生气了。我起来去开门。

是一个陌生的小青年。蓬乱的头发,瘦削的脸颊,穿一件单薄的黑色夹克,在寒风中瑟缩着。

"有事吗?"我警惕地开着半扇门,随时准备猛然关上。

"我是推销员。"小青年双手放到嘴巴呵了口气说。

"我不需要任何东西。"我要把门关上。但他用身子将门顶着不让我关。

"等等,请你先看看这个……帮帮忙。"小青年忙乱地从挎包里掏出一本书递到我的面前,谦卑地对我笑了笑,"诗歌,生活需要诗歌。"

我放松了警惕,把门开得更大。拿过书,看了一眼封面,是一本诗集,名《掩面而泣》。然后随便翻了一下,全是分行的文字。粗略看了几行,显得有些矫情。

我把诗集还给小青年说:"是你写的?"

小青年摇摇头说:"不是,是我们公司的老板写的。"

"你公司老板是一个诗人?"我惊讶地说。

小青年呵呵地笑:"你就买一本吧,不贵,就一包中南海的钱。"

他从口袋里取出一包皱巴巴的中南海烟,递一支给我,很自信地说这是北京中南海产的,国家领导人也抽这牌子的烟。我暗笑,摇摇头拒绝了他的烟。他自个想抽一根,但犹豫了一下,又把烟插进烟盒,把烟盒塞回口袋。

我说:"我不读诗歌,我很少读书,几乎不读书了。其实我喜欢读书,只是宁愿读一堆塞在门缝的恶俗小广告,也不愿意读一行不知所云的现代诗。诗歌早已经跟我的生活没有关系了,但对诗坛的混乱也略有所闻。我不喜欢诗人。"

小青年说:"其他书我不敢说,这本诗集值得你一读,真的,不骗你,我公司的人都说写得好,写得太好了,肯定是中国最好的诗歌。"

我说:"你读过吗?"

小青年说:"我……我读不懂。"

"你们是什么公司?"我问。

小青年说:"荷……尔……德……林房地产开发有限公司,你住的这个楼盘就是我们公司开发的,还有银河花园、莱茵河畔、罗马国际、地中海……"

他扳着手指头报告楼盘的名称，我打断他："那你在公司是干什么的？"

"我是新来的员工……不过，还在试用期。老板说了，如果我能够让祥瑞楼每家每户都买他的一本诗集，就正式录用我。"小青年那副老实质朴的样子，容易让人相信他说的是真的。

我仔细端详了这本装帧印刷精美的诗集。作者：隋正义。价格：19.98元。

祥瑞楼从一楼到顶层，一共24层48户住户，我已经推销46册，23层以下每户住户都买了一册。小青年从挎包里取得一本登记册，向我逐一展示下面46户住户的签名。

"我们公司老板很严格，绝对不能弄虚作假。"小青年态度也很认真。

"你们公司老板是一个诗人，这也没有什么。"我说，"但他不应该把房子卖得那么贵。"

"两码事……诗歌和房价是两码事。"小青年一本正经地说，"我们新员工都必须经过推销诗集的考核。推销任务不完成，说明没有能耐，没有能耐就没有资格到公司上班，我老板说了，什么时候完成任务，什么时候正式上班。这是一道门槛。现在就差你们第24层的两个住户了。"

"几乎是不可能完成的任务……但你差不多完成了。"我由衷赞赏他。这个时代还有谁愿意掏腰包买一本诗集？不是舍不得花钱，而是根本不需要，正如谁会无缘无故买一块狗皮膏药贴在自己的脸上。

"我老板说，每一个员工都必须具备向因纽特人推销冰箱的能耐——推销诗集比推销冰箱容易得多了。大多数住户都理解我们新员工，住得起祥瑞楼的人都是讲人情明事理的人。我的一只脚都已经踏进公司的门槛里去了，你不会让我的另一只脚永远留在外头吧？"小青年很认真地看着我，眼神里又带着乞求。看得出来，他迫切希望尽快完成任务，成为公司的一名正式员工，从此过上体面的生活。

我也不是不讲人情不明事理的人。一个涉世不深、对未来充满想象的小青年到这个城市里混生活不容易。为了成全他，我愿意买一块狗皮膏药贴在墙上。

"先生，我看你也是一个知识分子……你们知识分子最难缠，12楼的住户是一个大学老教授，死活不愿意买这本诗集，严严实实是一个钉子户。他说我老板的诗写得狗屁不通，就一堆文字垃圾。他怎么说话呀，即使是写得狗屁不通，好歹也是一本书呀，他书房里有那么多的书，增加一本诗集就像往水缸里滴一滴水，就像在一千万元钞票中掺杂一张假币，一点也不影响。可是他说，我老板的书不够资格上他的书架——他怎么那么尖酸刻薄呀，我觉得我们老板的诗集比他书架上所有的书都漂亮。"小青年憨态可掬,同时也露出了得意之色,"但是,凡事都可以商量……我们老板说推销员要学会死皮赖脸、死缠烂磨,我每天都来帮老教授收拾乱蓬蓬的废纸堆,整理破破烂烂的旧图书,听他没完没了讲书本上的东西,我什么也没听懂,但我装出听懂了的样子,他很高兴,三天后终于掏20块钱买了一本诗集,在登记表上签上了自己的名字:赵鹏举。老家伙不缺20块钱,只是瞧不起我们老板,瞧不起诗歌。你们知识分子的心理,我也略懂一二。"

我刚想掏腰包,却又犹豫了。

"你懂什么?你对知识分子懂多少?"我不好气地说。

小青年愣头愣脑的,但反应蛮快,马上转为笑嘻嘻地说:"不全懂,不全懂……"

我说,"人家老教授说得对,不是什么样的书都可以随随便便上他的书架的,就像你们——我们乡下说的,鸡不能钻进凤凰窝。"

小青年说,"这个道理我懂了。"瞧瞧四下没人,将嘴巴凑到我跟前悄声说,如果不喜欢读我们老板的书,你们可以一转身就将它扔到垃圾桶,没关系的。

我故作生气,斥责道:"读书人怎么可能将书扔到垃圾桶里去呢!"

小青年知道说错了话,赶紧改口说:"对,你说得对,是我理解错了——看得出来,你是一个爽快的人,买一本吧。"

我故意犹豫不决。我是想让他今后说话注意一点，对知识分子有足够的尊重。

他看到我不爽快，脸上露出了失望、焦虑、不耐烦之色。

"这样吧，诗集你可以不买，20块钱我替你垫了，你只需在登记表上签上姓名，说明你已经买过了书。这个忙，你总应该帮吧。"小青年说，"当然，你也可以像老教授那样顽固，知识分子……"

我真要生气了。但小青年突然可怜兮兮地说，"我真的很需要这份工作，我爸爸撑不到春节了……你看你，住那么好的房子，什么都不缺了，就缺诗歌——你买一本吧。"

我心一软，叹了一声，转身取了40块钱给他："这样吧，我要两本，替对面住户也买了，省得你去骚扰人家。"

但小青年只收20元，给了我一本诗集。

"你不能替别人买的，如果可以，我早就完成任务了。"小青年说，"做推销这一行，得讲诚信，还得有耐心。"他是对的。是我错了。

我在登记表上规规矩矩地签上了名。小青年对我千恩万谢，转身去敲对面住户的门。我关上门回去午休。

可是，我刚躺下，就被一声断喝惊得跳起来。是对面住户发出的怒吼。

我悄悄地打开门一道门缝，看到小青年面对一个暴怒的中年女人胆战心惊的、唯唯诺诺的样子。

"你已经敲了一整天了！"女人穿着厚厚的白色羊毛睡衣，从脖子一直包裹到脚，只露出她长长的臃肿的脸。

我搬进来有大半年了，还是第一次看见对面的住户。

小青年不断地道歉："对不起，我不知道你午休那么早……我应该早一点来的！"

"你来要干什么！你是怎么进祥瑞楼的？"中年女人警惕地让小青年退后一些。

"我是……推销员。"小青年说，"我正在工作。"

"推销什么？现在什么世道，竟然到高档住宅上门推销了，物业是干什么的，我给物业打电话，把你轰出去。"中年女人咆哮如雷，把我都惊呆了。她发那么大的火，在我看来，只有两种可能，第一种可能是她刚睡着就被吵醒，第二种可能是做爱做到了一半被迫中断。但无论哪种可能，她的反应都有些过了。

小青年小心翼翼地递上一本书："我不是推销保健品的，我是推销诗集的。"在他看来，推销诗集要比推销保健品理由更正当一些。

中年妇人愣住了："你说什么？推销诗……集？"

小青年说："是的，生活需要诗歌，屋子里摆上一本诗集，整个家就有了诗意，我老板说了，有诗意的地方更适合安居乐业——你的房子什么都有了，就只缺一本诗集。"

中年女人拿过诗集摔到地上,诗集滚了几下,在我的门口躺了下来。

"太过分了,为了一本破诗集敲了我一整天的门!你不许再敲我的门!"

门啪一声关上了。小青年满脸挫败感,呆头呆脑地站了一会,低头捡诗集的时候看到了门缝里的我。

他羞赧地朝我笑了笑。我无话可说,只是向他耸耸肩。

"你能替我说说话吗?给她讲讲道理。"

我摇摇头。因为我不会无缘无故跟一个不认识的人讲道理。

小青年很沮丧,把诗集放回挎包里,摁了电梯。我把门关上。

第二天傍晚,在楼下被踢翻的垃圾桶里,我看到了两本《掩面而泣》躺在那些花花绿绿的小广告上面,想伸手去取出来,但敏锐在发现诗集封面上有痰,我迅速把手缩回来并暗自庆幸。回家,刚走出电梯,我便看见小青年坐在楼梯口的台阶上靠着墙壁打盹。

"先生,你回来啦?"他很机警,马上站了起来,习惯性地往口袋里摸出那包皱巴巴的中南海,但很快醒悟,又把它放回去。

我向他点点头。他穿得依然很单薄,嘴唇被冻成了紫黑色。

"就差她这一户了。"小青年说,"如果她签上名,下周我就可以正式上班了。"

我说:"你继续敲她的门,精诚所至,金石为开,但敲门要轻一点。"

小青年说："敲过了，没人，她还没有回来——我等了一整天了。"

"那你再等等。"

我进屋去了。大约过了十分钟，屋外面有了动静。我听到了女人的声音。

"你怎么又来啦？"

"这是我的工作……你帮帮我，小事一桩，举手之劳。"

"我为什么要帮你的忙？"

"大家都帮了，就差你了。"

"大家都帮，我就应该帮你了？如果大家都死了，我是不是也要跟着他们死呀？"

"跟死没有关系，只是一本诗集……你就当它是一坨屎……"

"我为什么要花钱往家里买一坨屎？"

"我的比喻不恰当，你可以当它是一块垫子、包装纸……每次吃饭的时候，你还可以撕一页安放吐出来骨头，然后把骨头包起来放进垃圾袋。"

"别烦我，我不要什么诗集。你说是谁写的？隋正义？一个混蛋，连自己的名字还写不端正，写什么诗！"

"你不能骂我们隋董事长。"

"我怎么不能骂他？全世界的房子就数他的最贵，一个车位也要我们二十万。他凭什么！我看他就是一坨屎。"

"我们董事长做过很多很多慈善……"

门开了，旋即又关上了。

敲门声又响了。我开了门。小青年犹豫着敲对面的门，动作很轻，轻得像是在抚摸。我示意他继续敲。

中年女人打开门，怒斥："我说过不买，你还想干什么！"

小青年说："我不需要你买诗集了，请你帮我签一个名，证实你已经买过了就行……帮帮忙，就差你了。"

小青年拿着登记册翻给中年女人看谁谁签过名了。中年女人说："我为什么要签名？我能随便签名的吗？"

小青年转身指了指我对中年女人说："对面的先生也已经签过了。"

我点点头。中年女人瞟了我一眼，对小青年说："他管不了我，我不签，你不要再敲我的门了。"

我忍不住对中年女人说了一句："你就签给他吧，他应聘工作需要你的签名，祥瑞楼就只差你一户了，年轻人不容易，能帮就帮个忙……"

中年女人有些不高兴，轻蔑地看了我一眼说："我不能凭你一句话就签名——我并不认识你。"

我心里很不舒服，要来气了，但忍住了，对小青年说："要不，你给她叩头吧。"

小青年愣了一下,似乎真想叩。

"你叩头也没有用。我有我的原则,不吃这一套。"

我自讨没趣,把门关上。为了消气,从饭桌底下取出那本诗集,仔细读了几首。每一首诗都很短,像警句。

比如:

春天,一只鸟停在窗台

向我控诉冬天有多坏

又如:

大海都已经平静

为什么我的心里依然波涛汹涌

再如:

世界那么邪恶,而你那么善良

我朝你高高举起的屠刀

一忍再忍

我觉得这些诗句很好玩,忍不住又读了几首,一肚子的气果然消了。诗歌还是有用的。是我误解了诗歌。我不认识隋正义,他应该不是一个邪恶的人,相反,还有几分善良和意趣。诗集的勒口上有他简短的简介,上面毫不讳言他只有小学的文化程度,在搞房地产生意之前只做过一项工作,就是当了三十年的推销员,什么东西都推销过。本来我不愿意跟房地产商打交道,但会写诗的房地产商让我好奇。我有了认识他的冲动,但瞬间又打消了这个念头。

  我出差了三四天。回来的时候,又看到了小青年坐在楼梯口的台阶上,寒风将他的头发吹乱了。他抬眼看了我一眼,没有哼声。

  我说:"这几天你都在等她?"

  小青年郁郁寡欢,耷拉着头,抱着挎包,还是没有哼声。

  "她不在家?"我指了指那扇冰冷的门。

  小青年吱了一声:"在,一家人都在。"

  "她仍然不愿意给你签名?"

  小青年的头轻轻地摇了一下。

  "大年夜快到了,你先回家去,过了春节再来吧。"我说,"明天,最迟后天,我也要回长沙跟亲人团聚了。"

  小青年不回答。

  我说:"外头冷,到我屋里坐坐吧,我给你煮碗面暖暖身子。"

  小青年伸了伸腰,半个身子要起来了,但又坐了下去。

  我开了门,三番两次去拉他进我屋里去。但他不肯。我再拉他的时候,他眼里已经满眶泪水。

  "我爸快不成了。"他说。

  "那你不快点回去看你爸?"

  他坚决地摇摇头。

  我进屋去了。把行李安放好,然后进厨房。

面条还没有煮好,外面突然传来激烈的打闹声。我赶紧出门看。

楼道里一下子涌出四五个人。是从对面房子里出来的,四个男人,一老,一个中年,两个个头较高的青年。中年女人站在门口恶狠狠地骂。两个青年揪住小青年拳打脚踢。小青年退到墙角负隅顽抗,用微不足道的力量予以还击。那中年男人似乎怕两个青年吃亏,迅速加入了打斗,隔着两个青年挥拳打向小青年的头。那老男人颤颤巍巍站在门里,因为惊恐不断咳嗽。中年女人指挥着三个男人战斗。小青年满脸是血,很快失去还击和自卫之力。

我大喝一声:"你们干什么!"

三人停止打人。小青年倒在墙角里,抱着头蜷缩成一团。中年女人说:"这个小无赖天天骚扰我们,辱骂我们,还先动手打了我,你看看我的脖子,我一开门他就像疯狗一样扑过来抓了我一把,都出血了,我满身是血!"

她生怕我看不见,走到我的面前让我看。我看到了她的脖子上确实有一道明亮的抓痕。

"我没有冤枉他吧?他咎由自取,自作自受,我倒是被他枉打了,我要报警!"因为激愤,中年女人臃肿的脸像便盘一样扭曲。她掏出手机,拨打电话。

我说:"他只是一个推销诗集的孩子……"

三个打人的男人不怀好意地看着我。中年男人说:"那你是不是觉得我们打错人了？是我们错了？"

我没有回答他的话。我过去要把那孩子扶起来，但他拒绝了我。依然蜷缩着，浑身发抖。他的手和头多处受伤，虽然是皮外伤，但足以让人感觉到痛心。

中年女人没有打通电话，对着小青年说："本来要让你坐牢的，但想想算了，算是便宜你……"

其中一个青年走近小青年狠狠地踢了一脚他的屁股，厉声警告："你再敢骚扰我妈，我打死你！"

门内那老年男人发出一声惊叫。中年女人赶紧回去，温顺地劝慰他："爸，不管他们，外面冷……"

打人的都回屋里去了。楼道里迅速恢复了宁静，仿佛什么也没有发生过。

我回到厨房里，面条已经煮熟透。我盛了满满一碗出来，却没有了小青年的踪影。地上除了零星的血迹，再也没有发生过激烈打斗的证据。

第二天，没见到小青年。第三天，我便回长沙过春节。

春节很快就过去了。在这个春节里，我给不认识的隋正义写了一封信，希望能正式录用负责祥瑞楼推销诗集的那个小青年，我保证他会成为一个好员工。回来后，我做的第一件事就是从一楼开始，挨门逐户地找户主在信上签名，结果只用了不到半天工夫便征集到了除了我家对面户主外的祥瑞楼户主的签名。在我准备把信给隋正义送去的前一天傍晚,我家响起了毫无规则的敲门声。

我打开门。也是一个中年女人。很矮小,毛发稀少,鼻子扁扁的,左脸上有一块醒目的褐色硬痂;穿着厚厚的土棉布衫,衣服很旧,但蛮干净。也许年纪并不特别大,但看上去显得憔悴、苍老,身体里似乎已经没有一丁点力气。

她肯定是一个来自乡下的村妇。城里没有人这样穿着打扮了。

"我是卢远志的妈妈。"村妇满脸歉意,但很淡定。肩上挂着一个挎包。我认得出来,那是装诗集的灰色帆布挎包,也很干净。

"我是替我儿子推销诗集的。"村妇说话很得体,不卑不亢。

村女从挎包里取出一本诗集递到我的面前。我客气地笑着说,我已经买过你孩子的诗集了。

"他说祥瑞楼第24楼还有一户不愿意购买。不是你吗?"村妇有点不相信我的话。

我指了指对面说:"是那户没有买。"

村妇愧疚地说:"是我弄错了,电梯口的右边,楼梯口的左边——我是爬楼梯上来的,你的对面才是左边……打扰你了。"

她转身去敲对面的门。好一会,门才开。又是那中年女人。她的门上张贴着红艳艳的"福"字,门两侧挂上了喜庆的对联。春天已经来了,站在她的家门口便能感觉到春意盎然。

"我是卢远志的妈妈。"村妇把诗集递到中年女人的面前说,

"我是替我儿子推销诗集的。"

中年女人吃了一惊,很快便明白了,脸上迅速露出了警惕和不耐烦的神色:"我跟你儿子说过多少遍了,我不需要诗集。你怎么代替你儿子来烦扰我了?"

村妇挺了挺腰身,不愠不火地说:"我儿子不在了。我儿子生前说过……就只差一户了。"

一阵风刮过,我心里一阵紧缩。

"他死了?"中年女人脸色大变,脸上有惶恐。她的脸比年前更加臃肿,让人担心多余的肉随时掉下来。

"死了。死在他爸前头。"村妇平静地说,"两父子凑到了一块。"

看不出村妇的脸上有悲伤,仿佛不应该有悲伤似的。我心里很慌乱。

面对个头比自己矮一半的村妇,中年女人终于低下了傲慢的头颅。

"村里的人都看过这本书,都说值二十块。孩子他爸虽然不认识字,但也说值。你们为什么就说不值呢?"村妇叹息道。

中年女人惘然不知所措,突然扑通一声跪下来。

"我不是故意的。我……我错了!"

"跟你们没有关系。我不怪你们。"村妇说。

中年女人还是惶恐不安。她没有穿那件厚厚的白色羊毛睡衣,身子在剧烈颤抖。

村妇把诗集放门槛上:"我替我儿子送这本书给你。"然后从容地转身往楼梯口走去。

中年女人猛站起来，飞快地从口袋里摸出20块钱，手里扬着钞票追上去说:"我签！我给他签名！"

村妇迟疑了一会，但最终没有转身，只是淡淡地说:"不用了。"

一切都如此措手不及。我不知道应该说点什么，我想问村妇"你儿子是怎么死的"，但说出来的却是:"你可以乘电梯走。"

村妇走到了楼梯转角，依然没有回头，她回答我的声音依然很平静:"不用了……我不能白白坐你们的电梯。"

村妇不紧不慢，一步一步地往楼下走。很快我便看不到她的身影。

当把目光从村妇身上收回来时，我才发现中年女人原来和我肩并肩地站在楼梯口往下张望。我们的目光瞬间对视了一下便随即分开。

她把诗集捡起，迅速把门关上。

我也只好把门关上。

小五的车站

SHI YANG ZHEN DE HAI

外婆八十岁生日的那天,正好父亲服刑期满。母亲觉得接父亲出狱要比去数百里之外为外婆庆祝生日更接近常理。但她心里也明白,身体越来越糟糕的外婆时日无多,反复掂量后决定派我带着八斤长寿面赶往广西一个叫玉林的完全陌生的小城市陪外婆过生日。

我才十四岁,而且看起来比实际年龄还小得多,从没出过远门,即便去县城也提心吊胆,但我满怀喜悦又忐忑不安地接受了这个使命。天还没有亮,母亲便带着我一起赶到株洲火车站,分别挤上了开往武汉和玉林的火车。

父亲一个人在武汉蹲了九年大牢,母亲出嫁后外婆一个人在玉林生活了四十年。他们是世界上最孤独的人。我和母亲在同一天向着相反的方向分别赶到两个孤独的人身边,是要给他们带去温暖和慰藉。因此,此行的意义被我理解得十分重大,或许母亲此时的心情比我更汹涌。火车上拥挤不堪,本来我的票是有座位的,但被一个一直打着呼噜的看上去穷凶极恶的男人霸道地占着。

火车已经跑了很长很长的路，每停靠一个站，我都期待那头胡子拉碴的死猪从我的座位上站起来，走下火车，然后我拂去他的余臭，让无辜的双腿得到片刻的喘息。但一直到了桂林，午餐时分，那头死猪仍然仰天喷气。好在下车的人特别多，车厢一下子空了许多，坐在死猪旁边的、靠窗口那个老妇早就不耐烦，一到站便跳起来逃也似的走下火车。那死猪闪电般睁开眼睛旋即又闭上了，我想抓住他可能还没重新睡着之机叫他把位置挪挪，挪到靠窗口的那个位置上去，把我的座位还给我——占了那么长的时间，即使是借我的钱也该还了。我之所以要他挪到里面去，因为我觉得只有坐自己的位置才是最心安理得的。但害怕因此得罪他，招来一顿毒打，我只好再一次忍气吞声，小心翼翼地绕过他的双腿，把长寿面的袋子放在桌面上，坐到老妇刚才坐的位置，同时坐到了一个年轻的女人对面。

女人很年轻，比我的邻居王秀还年轻，比王秀漂亮，脸蛋清秀且白璧无瑕，怀里还抱着一个很小的孩子，因此比王秀更有母性，比王秀更接近我的梦想。坐在这样的女人对面安全，关键是我愿意看着一个年轻的母亲给孩子喂奶——我的想法就是这样单纯而荒谬。王秀经常被她的丈夫打骂，但我一点也不寄予同情，因为我一直对她给孩子喂奶时故意避开我的目光耿耿于怀。在我的眼里，世界上最陌生、最新鲜的东西便是喷着新鲜乳汁的乳房。女人朝我看了一眼。我躲闪着把目光朝向窗外。窗外一点也不好看。她放心地揪起衣服（那死猪一直睡着，所以她一点也不避讳他），露出饱满而多汁的奶子，坦然而准确地放到了孩子的嘴里，像两块磁铁吻合在一起。不需要用眼角的余光去偷窥，我也能看到她的奶子，因为窗玻璃太过明亮，把她整个人都摄了进去。我的理解是，女人是故意让我看到了她的奶子，连乳房都能给我看到了，她对我还有什么戒心呢？像我并不存在的姐姐一样，我们的关系一下子亲近了许多，觉得她是这一列不知道究竟有多长的列车上最亲的人。因而，我一下子信任了她。

但我们没有说话。她无微不至地守护着怀里的孩子，无暇多看我一眼。我早就愿意跟她说上几句，哪怕是逗一下她可爱的孩子，但怕一说话便惊醒那死猪，徒增我们的厌恶，我便张不开嘴。或许我们根本就不需要用语言来证明对彼此的信任。车厢里很是沉闷，常常只有那死猪杂乱无章的呼噜烦扰着我们。我勇敢地对他嘟囔了好几次，以图得到女人的声援或鼓舞，但女人只是宽容地笑笑，好像她一路上已经习惯那死猪的粗俗，哪怕他的呼噜打得再响，流出来的口水把我们都淹没了，也不会从她的嘴里吐出半句怨言。她比王秀气度大多了，我对她的喜欢随之增加了一分。因此，我好几次把头从窗口扭转过来，正面看女人的脸，甚至她的胸脯。硕大无比的胸脯把我震撼了，我满脸通红，手足无措，身体的一切都背叛了我，连心脏也要夺窗而出飞翔而去。然而，女人似乎一点也不觉得我有什么不正常，只要孩子哭闹，她便自然而然地把薄薄的白色衬衣捋起来，露出那个让天下所有孩子都熟悉和热爱的奶球，即便与我羞涩而惊惶的眼光相对时，她也只报以宽容而仁慈的微笑。

这真是一次温暖而意味深长的旅程。

因为害怕火车跑过了头，把我带到了天涯海角，因此一路上我仔细倾听每一次广播。母亲反复叮嘱我的，火车上只有乘务员的话才可以信任，她（他）会提前告诉你哪个站快到了，你要准备下车了。但广播的喇叭实在不好，声音含糊不清，加上方言口音太重，根本听不清楚乘务员到底说什么。祸根是在离柳州还远的一个不知名的小站埋下的。一个看上去比那头死猪还要粗俗的彪形男人闯上车来，那么多的座位不坐，偏偏坐在我的斜对面、女人的旁边。满嘴烟味，一身肉气，脸上还堆着下流的笑意歪斜着头盯着女人的胸脯。我的讨厌已经从迸发着少年式憎恶的咳嗽中表现出来，向他说明，我是她的保护神，除了他车厢里所有的人都是正义和善良的化身，甚至连那死猪也是。女人从容不惊，并没有回避他的意思——她实在是太宽容，但他竟厚颜无耻得寸进尺，轻浮地问："姑娘，你去哪里？"

简直是粗野的调戏。

女人礼节性笑了笑："玉林。"

他装出惊喜的样子，讨好地说，我也去过玉林，如果我不是有事在柳州下车，我可以陪你去玉林。

女人婉言谢绝:"我是玉林人。在柳州,我也有亲戚朋友,我经常去渔行街,我的表哥在那里的派出所当警察。"

当头一棒,他无话可说了。我把屁股朝着他,及时地放了一个响亮的屁。这是十四年来我最大胆的一次举动。那男人想挑逗女人怀里的孩子,女人不失礼节地说,他刚睡着了。男人的手尴尬地停在半空中。毛茸茸的手,像牦牛的腿。很快,他便尴尬地走到另一个车厢里去了。但这个短暂而危险的瞬间让我记住了:女人将在玉林下车。我也是。我只要跟在她的屁股后面就成了。因此,我不再需要伸长耳朵猜测乘务员的广播或伸头捕捉火车站的站名牌,心一下子轻松起来。窗外的房子和庄稼欢快地奔驰着,似乎要及时赶到哪里,否则黄昏会将它们抛弃。

我对女人的亲切感更深了一层,仿佛她是和我一起为外婆庆祝生日的,至少她就是外婆的街坊。母亲提醒过我的,柳州至玉林路段骗子特别多,常常以玩扑克引诱乘客赌博的形式行骗,但一路上实例没有出现,加上离家越来越远的地方遇上这么好的一个女人,这一趟远门的风险骤然大大降低,我感到很幸运,甚至有种宾至如归之感,连火车又跑了多久也不必要去管。黄昏缓慢降临,或者说,夜晚已经到来的时候,乘务员的广播响了几分钟后,火车停了下来,早已经做好准备的女人站起来,抱着孩子走下火车。跟着她的后面的除了我,还有那死猪——幸好,他没有睡死过去,否则火车会把他带到湛江、雷州或更远的地方。

下火车的人并不多，又或者很多，只是夜色淹没了我没看见。女人走得快，那死猪像跟屁虫一样跟在她的屁股后面，还跑到了我的前面，他离女人比我还近。我觉得他玷污了她，故意狠狠地咳嗽，一来提醒女人注意身后随时会伸过来的黑手，二来给他感受到来自我的警戒和震慑。但那死猪变本加厉，用身体去蹭女人的背，在出口验票的时候他的臭脸几乎凑到了女人的肩膀上。如果不是落在后面手够不着，我会毫不迟疑地把一头野猪与一只绵羊分开。出了站口，死猪更放肆，竟七手八脚地"调戏"起女人和她怀里的孩子，样子很令人恶心和愤激。这个时候，我决定豁出去，要冲上前，狠狠地给那死猪一拳。但我被验票员挡住了。

他把票还给我，不好气地说："到一边补票去。"

"我补什么票呀？"

"你这票是到玉林站的。"验票员说。

"这不是玉林吗？"我振振有词。

"这是陆川。"验票员有点生气，指了指头顶上的站名牌。我仔细一看，确实是写着"陆川"。

我第一次知道，地球上还有陆川这个地名，而且知道它在玉林的前头，离玉林有四十六公里，也就是说，我多走了四十六公里，前一个站我就应该下车了，现在需要补票三元七角才能走出火车站。

我只好窝着火,到另一边补了票。补票的时候顺便问了工作人员,还有返回玉林的火车吗?那工作人员轻描淡写地说,有的,明天凌晨一点三十分,K155次,湛江至上海,经过陆川、玉林。三天前母亲给外婆发过电报,让她今天下午在玉林火车站接我。她肯定还在玉林火车站,蹲在火车站出口,焦急地等待自己的外甥。

我要赶去汽车站,但火车站的工作人员还告诉我,现在是晚上七点,最后一趟班车应该已经发出。我慌张地跑出火车站,举目四顾,展现在眼前的是一排排灰暗的瓦房和几条不知通往何处的脏乱的小巷,以及零星的昏暗的灯火。在行人模棱两可的指点下,我快速穿过一条小巷,赶往汽车站,追赶可能因故延迟发车的班车。

然而,在小巷尽头我被人揪住。我跑得很快,别人竟以为我是逃跑的小偷。

我辩解说我不是小偷……怎么会呢……天打雷劈。不是小偷跑什么呀,我说赶车。他们不相信。我说,我给你看火车票,怎么会千里迢迢从株洲跑到这里做小偷呢?但我翻遍全身却找不到火车票。我的火车票跑丢了。我要挣脱。几个男人却将我按倒在地。我拼命反抗,大声争辩。但他们硬说我是小偷,昨晚王奶奶家的收音机不见了,说不定就是我偷的。王奶奶用昏暗的煤油灯照了照我仰起来的脸,犹豫了一会,用颤音给我定罪:"好像……

就是他!"

天哪,昨晚我还在株洲,和我母亲一起准备各自的长途旅程!看上去王奶奶是那么的慈眉善目,跟我的外婆一样,但王奶奶那深不可测的慈祥里究竟埋伏了多少邪恶啊!他们按住我的头,不容我继续狡辩,还有人给了我一记耳光,我的嘴里便有一股腥味。如果不是女人的及时出现,我这个操着外地口音的陌生人便要被他们扭送铁路派出所了。按照我那边的习惯,进了派出所至快也得到第二天才能出来。

好在女人恰到好处地来到了我的面前,我闻到了熟悉而亲切的奶香。

女人是从一间老房子里走出来的。她认出了我。

"你怎么回事?"她惊讶地说。

"你骗了我!"我突然委屈地号啕大哭。

"我怎么骗你啦?"她被冤枉地向众人耸肩说。

我哭得更厉害。女人更莫名其妙,受了冤屈,她要知道到底是怎么回事,究竟她怎么骗了我,她要在众街坊面前向我讨回公道和清白。

我说:"你说你的家在玉林,你要在玉林站下车的,却到了陆川……"

女人明白了,啊了啊,吃力地笑了:"原来这样……你这个孩子怎么能随便相信别人呢?我那是糊弄那个男人的,跟一个陌生男人怎么能说真话？"

"可是你骗了我。"我说。我想不到一个才生了孩子的像姐姐一样的女人竟然有那么深的城府。母亲反复提醒我警惕的骗子其实一直坐我的对面，一个看上去最不像骗子的人！围观的旁人嘲笑我："她说得也没有错，陆川是玉林管辖的一个县，我们既是陆川人，也是玉林人，在外头我们经常说自己是玉林人……"

我来不及跟他们争辩，挣脱抓我的乱手，往汽车站狂奔。

然而，当我赶到汽车站的时候，汽车站里的工作人员正在打扫卫生，一个妇女告诉我，开往玉林的最后一趟班车出发五分钟了，估计已经过了洪桥。

这个比我家乡的一个镇还小的县城才七点多钟就开始入睡了，街道上的行人很少，更不说车辆。也就是说，这是一座死城，到了夜晚便与世隔绝，外面的人进不来，里面的人也走不出去。我绝望了。兜里虽然有足够的钱可以住上一晚旅馆，但我根本就不考虑在陆川待一晚，因为外婆还在玉林火车站，庆祝她生日的长寿面还在我的手里，母亲托我带给外婆的祝福我要及时准确地送到她的心坎里去。但现在怎么办？仓皇中我要重返火车站，打算沿着铁轨步行回玉林。往回跑了一会突然想起公路的距离总比铁路短，于是我又折回往北沿着公路跑，我要尽快赶到玉林。

我自己也不知道跑出了多远，也不知道自己到底跑得多快，反正女人叫了好多次我都没有听到，直到她横在我的前面。

她从一辆单车的尾架上跳下来责备我："你不会要跑着回玉林吧？"

我说是。

"跑到天亮你也未必能跑到玉林，那么长的路会把你累死！"女人的话听起来十分关切，"你就不能在我家住上一宿？"

我说不能。我坦率地对她说到了我的八十岁且患有严重的腰椎间盘突出的外婆。她一把拉住我，对骑车的男人说，那你带着他去玉林。

我抬头看骑车的男人，不禁暗吃一惊，他不就是那死猪吗？

"他是我的丈夫。"女人若无其事地笑道。男人向我点点头。夜幕中男人显得更加肥大，像一团黑暗。

我擦掉脸上的泪水和汗水。男人扶着车。这是一辆锈迹斑斑的单车，笨拙得像一头驴。

"你快上车吧，或许还来得及。"男人爽直地说。

我犹豫不决，女人拉扯着，把我拉到了单车的尾架前，还要抱我送到尾架上去，但她的力气明显不够，甚至借助了丰满的胸脯才将我的一只腿架到了车上，是男人一把将我拎上车的。我闻到了女人的汁臭，但更多的是闻到了她在我身体上留下的浓郁的奶香。女人喘着粗气厉声地命令男人："一定要在今晚十二点把他送到玉林火车站！"我还来不及向女人挥一挥手，男人已经迅速把我带到了夜色深处。

往玉林的公路是一条泥路，沙石比较厚，还坑坑洼洼的。男人蹬车的力气很大，链条发出咯嗒咯嗒的像快要断裂的声音。但单车跑得比我快得多，路两边的树木和看不清的庄稼掠过双眼，漆黑一团的前方是一个深不可测的未知世界，陌生感和恐惧感使我对眼前这个曾经让我憎恶的男人充满了信任和依赖。我右手抱着长寿面，左手紧紧抓住男人的裤带，双脚死死夹紧车架。一路上黑得可怕，也寂静得可疑，耳边除了风声，便是男人粗壮的喘息，比呼噜还响，但没有呼噜讨厌。

男人开始的话不多，到了离县城很远的洪桥，他才说了一句，你放心，今晚十二点之前我一定把你送到玉林。

我轻轻地唔了一声，算不上什么感谢，因为这一切是拜他的女人所赐，他是在为自己的女人将功赎罪。但后面可能是力气在不断地减少，又或许感受到了黑夜带来的恐惧要通过说话掩饰，他的话开始多了起来。

"你怎么敢一个人从株洲来玉林？你父母呢？"男人问。

"我爸今天出狱，我妈去接他。"我说。

"真巧……世界巧的事情真多——我也是今天出的狱，我女人就是从株洲接我回家的。"他说。

我的心突然战栗了一下："我爸蹲了九年，但他没有犯法。"

"不犯法怎么会蹲大狱呢？"

"他给人顶罪,我妈说的,爸是给领导顶罪。"

"你爸是好人。"

我爸当然是好人。我忽然想念我爸。我都九年不见我爸了。这时候母亲肯定和父亲在一起,也应该回到了株洲家里。他们此时此刻是多么幸福。我们的幸福从今天重新开始了,我得把这一切告诉外婆。

"那你犯了什么罪?"我好奇地问。

"警察说我杀了人,让我蹲了五年狱,上个月真正的杀人凶手找到了,长得跟我太像了,兄弟似的,看上去也不像坏人。"男人轻描淡写地说,"但也不能说我就是好人,因为我没做过什么好事。你都看见了,一路上我女人都不跟我说话,儿子也不认我——当然,他不是我的儿子,他是我女人跟别的男人生的……"

男人说这话的声音是快慰的,甚至有点兴奋。他怎么会告诉我这些?我竟不知道说什么。他突然一声长啸,单车又加速了。但这一加速,车子竟掉进了一个坑,措手不及,啪一声人仰马翻,我们都被抛到了公路旁边的水沟里。男人爬起来比我快,一把将我拎起,慌乱地问:"伤着没有?"

被男人拎起来的时候我双手还死死抱着八斤长寿面,长寿面完好无损。但我的头和脸火辣辣地痛。

男人浑身摸了我一遍,确信我没有受伤,才扶起单车继续前行。他拼命地蹬,要把刚才摔跤耽误的时间补回来。

单车是在接近一个叫英桥的小镇抛锚的。在上坡的时候链条断了。因为没有修理的工具，男人束手无策，恶狠狠地骂单车，把我都骂笑了。

"你放心，今晚十二点之前我一定把你送到玉林。"他再次向我保证，而且满脸歉疚。

他把单车扛在肩头，我跟在他的后面。黑夜里漫长的公路就我们两个人。男人走得快，我要跑步才跟得上。走了很长的路，我们才走进了小镇的一间单车修理店前。可是店已经关门，那块挂在屋檐下的"修理单车"的牌匾被风吹得左右摇晃。男人敲门，先是轻轻地，后粗鲁得像匪徒，边撞门嘴里边喊着"我要修车"，可是一直没有回应，最后便是大声地骂街，骂得地动山摇要打要杀的，周边的房子次第亮起了灯，勇敢的居民从窗口探出头来小心翼翼地表达他们的愤怒，甚至有人放出高大凶残的狼狗。狼狗远远地对着我们狂吠，双眼放出大朵大朵的幽蓝色的光，比偶尔划过夜空的闪电还凛冽。但男人并不胆怯，继续撞门、骂娘。好久，一个老头才颤巍巍地开门出来。被惊醒老头很不满，强压怒火讥讽我们："我都死啦，你们硬把我的魂魄叫了回来！"然后一边嘟囔一边帮我们修理单车。灯光暗淡。老头子眼睛不好使，东翻西找，好不容易才把工具从床底里找出来。其实就是把断了的链条接起来，简单的活儿，但老头子折腾了好久，一点也不替我们着急。男人很不耐烦说，你快一点好不好？我们急着走路。

老头子说，你们不要催我，连阎王爷催我好多次了我都懒得理睬！男人狠狠地用手掌拍了一下单车的坐凳，表达他的暴躁。但老头子依然不紧不慢，朝着我对男人说，我在监狱里待的时间比他的年龄还长——阎王我都不怕，我还怕谁？男人无奈地好不容易地换了一副脸孔，强装笑颜，一边给老头子递烟一边赔礼道歉，老头子也不多说，叼着烟，依然面色平静。但车一修好，未等我们付钱或说一声谢，老头子便风卷残云地把东西收拾好，啪一声关死了门。

我们重新上路。经过修理，单车跑得更快，我们一下子跑到了闪电的前头。因此，在一场大雨到来之前，我们到达了玉林火车站。

这是一个简陋而肮脏的火车站，四处堆满了垃圾，几只流浪猫和夜不归宿的饿狗在来回晃荡。空荡荡的火车站，一个老太太蜷缩在屋檐下打盹，银白的头发照亮了漆黑的墙角。不用问，她肯定就是我的外婆。我跑过去，亲热而激动地叫了一声"外婆"。

外婆抬起头来狐疑地看我，蓬松的头发遮住了她苍老而疲倦的脸。

"我是小五。妈妈让我来陪你过生日！"我说。我晃了晃手中的长寿面，那是母亲向王秀借的。王秀曾经多次被母亲指责勾引我的父亲，当然是父亲入狱之前，入狱后王秀还偷偷地去武汉看望过几次父亲，这都是母亲跟父亲关系微妙的原因。但王秀家里囤积了一堆长寿面，母亲厚着面皮向高傲的王秀开了口。王秀借给我们长寿面的时候说，你们一家子挺可怜的。为了准备两趟长途旅程，我家穷得连八斤长寿面也买不起了。母亲说，外婆最喜欢吃株洲的长寿面。实际上，由于父亲的入狱，母亲为了我们这个家无暇照顾外婆，外婆也不愿意搬到株洲增加我家的负担，她在玉林孤苦伶仃的，日子过得甚是拮据，九年来没有一个亲人和她一起过过生日。母亲常常为父亲和外婆独自叹息，泪流满面。好啦，父亲终于出狱啦，日子总算要好起来啦。我兴奋地抓住外婆的手，扶着她缓缓地站起来。外婆真老了，很久也认不出我："你真是小五吗？"

我坚定地说是。我说出了父亲和母亲的名字以及母亲不能来的理由，关键是我喜悦和快乐得像一只野兔让外婆相信她的外甥小五真的来到了身边。火车站除了我们空无一人，站前屋檐上巨大的时钟闪闪发光，时针和分针都正好最后一次相逢在"12"，我赶紧把母亲要我带给外婆的祝福送到了她的耳朵里。外婆端详着沉甸甸的长寿面，满脸幸福，拉着我的手，兴奋地说："小五，我们回家做饭去，这顿饭，我都等了整整九年！"

我环顾四周，却不见了男人的踪影，我焦急地寻找。外婆不解地问，你找谁呀？难道你还有第二个外婆？

大雨倾盆而下，瓢泼得像波涛汹涌。站前大街空空荡荡，像海一样宽阔。只有一个人正骑着单车往南走，像海面上一叶风雨飘摇的孤舟，比夜更黑的雨幕很快将他吞没，从此，我将再也看不到他。

图书在版编目（CIP）数据

石羊镇的海 / 朱山坡著 . -- 南京：江苏凤凰文艺
出版社，2025.1. -- ISBN 978-7-5594-8977-7
Ⅰ．I247.7
中国国家版本馆 CIP 数据核字第 2024VW6960 号

石羊镇的海

朱山坡 著

责任编辑	项雷达
特约编辑	王雨亭　陈思宇
装帧设计	卷帙设计
责任印制	杨　丹
出版发行	江苏凤凰文艺出版社
	南京市中央路 165 号，邮编：210009
网　　址	http://www.jswenyi.com
印　　刷	天津鑫旭阳印刷有限公司
开　　本	880 毫米 × 1230 毫米　1/32
印　　张	8
字　　数	151 千字
版　　次	2025 年 1 月第 1 版
印　　次	2025 年 1 月第 1 次印刷
书　　号	ISBN 978-7-5594-8977-7
定　　价	45.00 元

江苏凤凰文艺版图书凡印刷、装订错误，可向出版社调换，联系电话 025-83280257